LA TOMBOLA DES VOYOUS

DU MÊME AUTEUR

Dans la même collection :

Laissez tomber la fille.
Les souris ont la peau tendre.
Mes hommages à la donzelle.
Du plomb dans les tripes.
Des dragées sans baptême.
Des clientes pour la morgue.
Descendez-le à la prochaine.
Passez-moi la Joconde.
Sérénade pour une souris défunte.
Rue des Macchabées.
Bas les pattes.
Deuil express.
J'ai bien l'honneur de vous buter.
C'est mort et ça ne sait pas.
Messieurs les hommes.
Du mouron à se faire.
Le fil à couper le beurre.
Fais gaffe à tes os.
A tue... et à toi.
Ça tourne au vinaigre.
Les doigts dans le nez.
Au suivant de ces messieurs.
Des gueules d'enterrement.
Les anges se font plumer.
J'ai peur des mouches.
Le secret de Polichinelle.
Du poulet au menu.
Tu vas trinquer, San-Antonio.
En long, en large et en travers.
La vérité en salade.
Prenez-en de la graine.
On t'enverra du monde.
San-Antonio met le paquet.
Entre la vie et la morgue.
Tout le plaisir est pour moi.
Du sirop pour les guêpes.
Du brut pour les brutes.
J'suis comme ça.
San-Antonio renvoie la balle.
Berceuse pour Bérurier.
Ne mangez pas la consigne.
La fin des haricots.
Y a bon, San-Antonio.
De « A » jusqu'à « Z ».
San-Antonio chez les Mac.
Fleur de nave vinaigrette.
Ménage tes méninges.
Le loup habillé en grand-mère.
San-Antonio chez les « gones ».
San-Antonio polka.
En peignant la girafe.
Le coup du père François.
Le gala des emplumés.
Votez Bérurier.
Bérurier au sérail.
La rate au court-bouillon.
Vas-y Béru !
Tango chinetoque.
Salut, mon pope !
Mange et tais-toi.
Faut être logique.
Y a de l'action !
Béru contre San-Antonio.
L'archipel des Malotrus.
Zéro pour la question.
Bravo, docteur Béru.
Viva Bertaga.
Un éléphant, ça trompe.
Faut-il vous l'envelopper ?
En avant la moujik.
Ma langue au Chah.
Ça mange pas de pain.
N'en jetez plus !
Moi, vous me connaissez ?
Emballage cadeau.
Appelez-moi, chérie.

T'es beau, tu sais !
Ça ne s'invente pas !
J'ai essayé : on peut !
Un os dans la noce.
Les prédictions de Nostrabérus.
Mets ton doigt où j'ai mon doigt.
Si, signore.
Maman, les petits bateaux.
La vie privée de Walter Klozett.
Dis bonjour à la dame.
Certaines l'aiment chauve.
Concerto pour porte-jarretelles.
Sucette boulevard.
Remets ton slip, gondolier.
Chérie, passe-moi tes microbes !
Une banane dans l'oreille.
Hue, dada !
Vol au-dessus d'un lit de cocu.
Si ma tante en avait.
Fais-moi des choses.
Viens avec ton cierge.
Mon culte sur la commode.
Tire-m'en deux, c'est pour offrir.
A prendre ou à lécher.
Baise-ball à La Baule.
Meurs pas, on a du monde.
Tarte à la crème story.
On liquide et on s'en va.
Champagne pour tout le monde !
Réglez-lui son compte !
La pute enchantée.
Bouge ton pied que je voie la mer.
L'année de la moule.
Du bois dont on fait les pipes.
Va donc m'attendre chez Plumeau.
Morpions Circus.
Remouille-moi la compresse.
Si maman me voyait !
Des gonzesses comme s'il en pleuvait.
Les deux oreilles et la queue.
Pleins feux sur le tutu.

Hors série :

L'Histoire de France.
Le standinge.
Béru et ces dames.
Les vacances de Bérurier.
Béru-Béru.
La sexualité.
Les Con.
Les mots en épingle de San-Antonio.
Si « Queue-d'âne » m'était conté.
Les confessions de l'Ange noir.
Y a-t-il un Français dans la salle ?
Les clés du pouvoir sont dans la boîte à gants.
Les aventures galantes de Bérurier.

Œuvres complètes :

Vingt et un tomes déjà parus.

SAN-ANTONIO

LA TOMBOLA DES VOYOUS

ROMAN

ÉDITIONS FLEUVE NOIR
6, rue Garancière PARIS VIe

Edition originale parue dans notre collection Spécial-police sous le numéro 129.

ISBN 2-265-02723-5

Les personnages, les têtes de vaches composant ce récit n'ont aucun rapport avec des personnes existant ou ayant existé. Toute ressemblance serait donc accidentelle.

S.-A.

PREMIÈRE PARTIE

SOUS LE SIGNE DU TAUREAU

CHAPITRE PREMIER

UNE SALE TÊTE

En pénétrant dans le burlingue de Bérurier, je me frotte les lampions à la peau de chamois car je me crois l'objet d'une hallucination ! Que dis-je ! de la plus hallucinante des hallucinations sélectionnées par le Congrès international de la magie.

Mon éminent collaborateur, en effet, se tient près de la croisée dans une tenue assez insolite pour un inspecteur des services secrets. Il est chaussé de bottes cuissardes, porte un suroît en toile huilée, un chapeau de même métal et s'évertue à enfiler bout à bout les tronçons décroissants d'une canne à pêche.

En m'apercevant, il émet un cri qu'on peut situer entre le barrissement de l'éléphant et la douleur manifestée par un gendarme qui s'est pris les poils des mollets dans son pédalier.

— Qu'est-ce que tu penses de moi ? interroge-t-il.

Sachant que « toute vérité n'est pas bonne à dire », je m'abstiens de lui répondre. Il prend mon ahurissement pour de l'admiration et cherche une pose altière.

— Dis, Mec, insiste-t-il, j'ai pas de l'allure ?

Et de bomber le torse comme un crapaud-buffle. Ça fait craquer le survêtement huilé. Quand il remue à l'intérieur de ce machin-là, on dirait un vieux cheval qui bouffe des gaufrettes.

— Une allure inouïe, admets-je. Tu ressembles à Surcouf et au bonhomme des sardines Amieux... Tu devrais te faire photographier, je suis certain que les P.T.T. t'achèteraient le cliché un prix fou pour le coller sur leurs calendriers de l'année prochaine. Les bonnes gens ont la folie du terre-neuva ; la goélette, ça leur porte à l'imagination...

Content de cette appréciation, il continue d'enfiler sa canne à pêche. Celle-ci est tellement longue qu'elle dépasse par la porte ouverte. On entend un cri et nous apprenons aussitôt après que le Gros vient de coller son sillon dans le carreau de Pinuche. Courtois, il s'excuse. La vieille baderne cavale au lavabo se passer de l'eau sur la frime, et le Gros reprend sa démonstration.

— Qu'est-ce qui se passe ? je questionne. Tu t'engages dans les brise-glace ou quoi, Béru ?

Il pose sa canne à pêche sur le sol et, doctement, s'approche de son bureau. Il cueille un formulaire imprimé.

— Voilà où je m'engage ! déclare-t-il.

Le formulaire est une demande d'admission à « la Belle Gaule du Matin, société de pêche au capital entièrement versé dans la Seine et ses affluents ».

Au dire de Bérurier, c'est un groupement extrêmement important.

— Ils ont été douze fois champions de France à la flottante, assure le Gros. Et ils ont failli être qualifiés pour Melbourne dans la catégorie mouche d'eau !

Je ricane :

— Toi, tu devrais te faire un nom dans la mouche-à-chose ; la spécialisation, c'est le secret de la réussite. Tu pourrais par exemple devenir le roi du maquereau au vin blanc et tu gagnerais tellement de médailles que tu ressemblerais à un portrait de Gœring.

— Déc... pas ! tranche le Gros. On verra ce qu'on verra.

Je m'empresse de battre en retraite, histoire de ne pas ternir sa joie.

— J'ai rien contre la pêche à la ligne, bonhomme. Autant pêcher le goujon que d'acheter du gros sel pour se fabriquer une combinaison antiradio-active !

Le Gros s'assied devant le formulaire et se met en devoir de le remplir en suçotant l'extrémité de son crayon à bille. Lorsqu'il a aspiré toute la recharge et que ses lèvres sont d'un bleu-des-mers-du-sud émouvant, il en est à la rubrique : « Signes particuliers ».

Il m'appelle à la rescousse et, me désignant la ligne vide, me demande :

— Qu'est-ce que je dois mettre ?

Sa voix est aussi lourde de détresse que le S.O.S. lancé par un pétrolier en flammes.

La question mérite qu'on s'y arrête, effectivement. Des signes particuliers, Béru en possède tellement que leur nomenclature intégrale nécessiterait des travaux aussi considérables que ceux de Kepler sur la gravitation.

Je gamberge un peu.

— Je crois qu'il faut condenser, gars !

— Oui, hein ?

Son front est plus ridé qu'un accordéon dans son étui. Muni d'une allumette de la régie française des tabacs, il fouille les profondeurs de son oreille droite et en ramène de quoi mastiquer tous les vitraux de la cathédrale de Reims après la prochaine guerre.

— A mon avis, reprends-je, la mention « Couennerie congénitale » doit être suffisante. Il existe certainement, de par le monde, d'autres Bérurier prénommés comme toi et qui peut-être sont flics. Mais des Bérurier aussi constipés du bulbe, il n'y en a pas deux à la « Belle Gaule du Matin »...

Bonne pâte, Béru éclate de rire. Il écrit courageusement « néant » sur la ligne en pointillé et se lève. Naturellement, il écrase sous ses puissantes semelles la canne à pêche ! Il refoule sa déception et affirme qu'il réparera le désastre avec du chatterton.

— Qu'est-ce que tu fais, demain matin ? s'informe-t-il.

— Rien de particulier, pourquoi ?

— Je vais aux Halles avec un copain restaurateur...

— Tu fais le marché, maintenant ?

— Non, je veux simplement acheter des claouis de bœuf...

— De bœuf, ça m'étonnerait, ricané-je.

— Enfin, de taureau ! Faut toujours que tu joues sur les mots !

— Pourquoi vas-tu faire ce genre d'emplette ? Tu te déguises en danseur classique et le futal collant t'inquiète... T'as peur qu'il dise tout ! Tu fais un complexe d'absence ?

— Non : c'est pour la pêche !

— Tu espères pêcher quoi avec ça ?

Le Gros plonge dans les régions les plus obscures de sa mémoire, mais n'y découvre pas ce qu'il y cherche.

— Je me rappelle plus : des gros mastars en tout cas. C'est dans la revue « la Pêche chez soi » que dirige Georges Courte-Ligne...

Il insiste :

— Viens aux Halles... On cassera une graine après... C'est dit ? Allez, demain on te ramasse chez toi aux aurores !

Vaincu, j'accepte. On m'a toujours dit que ça valait le coup d'œil, les Halles...

*
* *

Le lendemain, aussi sec, alors que je rêve à une belle gosse dont je vérifie les amortisseurs, une bagnole se met à jouer la « Valse brune » devant la grille de notre jardinet. Félicie, qui a le sommeil plus léger qu'une pensée libertine, vient frapper à ma chambre.

— Ce sont tes amis, Antoine !

— Va leur ouvrir, m'man, et file-leur une tasse de moka !

Pendant ce temps-là, je m'octroie une douche, me passe la frime au Sunbeam et saute dans mes frusques.

Lorsque je débarque dans la salle à manger, Bérurier est en train d'aspirer le contenu d'un bol de café en émettant un bruit pareil à la confluence de deux égouts. Timidement assis sur le bord de la chaise voisine, son pote le restaurateur me file un regard candide et admiratif. C'est un grand gaillard à la trogne patinée par les appellations contrôlées. Il n'a jamais lu les œuvres complètes de Jules

Romains, on le comprend tout de suite à son frontal bas ; mais cela ne l'empêche pas d'être un homme de bonne volonté.

Présentations.

On se pétrit la dextre à tour de rôle. Félicie me sert un bol de caoua. Après quoi, Bérurier me demande la permission de se laver les chailles, parce que, dit-il, il n'a pu le faire chez lui, because le glou-glou du lavabo aurait éveillé la mère Béru.

Je le conduis à la salle de bains. Il extirpe un tube de pâte de sa fouille et une brosse à dents que refuserait un mécanicien pour décrasser les rouages de sa machine.

Il dévisse son tube, lui presse sur le ventre, étale une pâte jaunâtre sur les poils de la brosse.

— Je ne savais pas que tu te lavais les dents, fais-je très gentiment.

Il hoche la tête, et tout en s'astiquant les ratiches essaie de me répondre. L'opération à laquelle il se livre ne facilite pas son élocution, croyez-moi.

— Depuis quelque temps je m'y suis mis, dit-il.

— Décidément, c'est la grosse révolution dans ta vie végétative !

— A notre époque, si tu ne te mets pas à l'unisson, tu fais tout de suite vieux jeu...

Il s'arrête de manœuvrer la brosse et clappe de la langue à plusieurs reprises.

— C'est marrant, ces dentifrices... On les parfume drôlement, tu ne trouves pas ?

— Il est à quoi, le tien, à la chlorophylle ?

— Je ne sais pas...

Je cramponne son tube et l'examine avec soin.

— M'est avis que tu as commis une légère erreur, bonhomme, c'est un tube de mayonnaise...

Il ne se départ pas de son calme.

— Je me disais aussi : ça donne faim...

Là-dessus, Félicie vient nous annoncer que le restaurateur s'impatiente. Lui il a autre chose à acheter que des valseuses et s'il ne fait pas fissa, les poulets qu'il servira à sa clientèle auront l'air de sortir du Ramadan.

Je bouscule le Gros pour qu'il remise d'urgence sa mayonnaise-dentifrice, et on déhote en souplesse.

***

Le copain à Béru nous véhicule dans une Prairie (verte naturellement). C'est le mode de locomotion idéal pour les vaches.

Il s'excuse parce que son embrayage est mortibus. Chaque fois qu'il change de vitesse, on dirait qu'il découpe un pont métallique au chalumeau.

Il file de grands coups de galoche dans son

levier de vitesse et quand enfin le pignon a mordu, on va tous embrasser le pare-brise.

Nous parvenons tout de même dans le tohu-bohu des Halles. Le tumulte est indescriptible. On trouve une gâche rue Coincampoix pour la Prairie. Quatorze autres conducteurs l'avaient déjà repérée et nous lancent incontinent des qualificatifs qui ébranlent ma foi en l'avenir de l'humanité. Le restaurateur (au fait, il s'appelle Grodu) affirme alors par sa portière, et sur un plan très général, que depuis des temps immémoriaux, il se sert de ses contemporains comme latrines et il annonce en outre que son rêve le plus lancinant serait de les voir étendus au soleil avec le ventre ouvert du pubis au menton.

Sur ce, nous allons boire un premier muscadet dans un café propice. Grodu nous entraîne ensuite vers la cathédrale de ce haut lieu du bide, c'est-à-dire dans les Halles proprement dites !

Il connaît tout le monde et se fait interpeller à chaque pas. Son cou sanguin rentré dans ses épaules de lutteur, il fend la populace, nous entraînant dans son sillage, le Gros et moi.

Nous attaquons par le gros morcif, à savoir la boucherie. Quel coup d'œil, mes aïeux ! En franchissant la porte j'ai comme un vertige. Sous la lumière crue des lampes, des milliers de bœufs écorchés, dépiautés, partagés, fleuris d'une cocarde, pendent à des crochets... Une intense et fade odeur de viande me saisit à la gorge. Les cuisses vernissées par la graisse brillent comme des meubles anciens. Grodu marche à petits pas dans les travées, piquant d'un doigt connaisseur les viandes exposées.

Naturellement, Bérurier qui s'y connaît autant en bidoche que moi en cybernétique, veut placer son grain de sel.

Avisant une moitié de bœuf d'un jaune intense, il touche le bras de son pote.

— Belle bête, hein ? apprécie-t-il.

Grodu le foudroie d'un regard chargé d'un incommensurable mépris.

— T'es louf ! grogne-t-il. Ce bestiau-là, il est mort de vieillesse ! Si je te taillais un steak là-dedans, tu me traiterais d'assassin !

— Alors pourquoi il est à vendre ? objecte pertinemment Béru.

— Ben, faut approvisionner les cantines, non ?

Sardonique, le restaurateur fourrage avec l'index dans la chair graisseuse.

— Mordez-moi cette carne ! Vaudrait mieux se préparer un viandox qu'un bouillon de cet animal ! De la graisse commak, j'en voudrais pas pour entretenir mes galoches...

Mortifié, Bérurier se renfrogne.

— Exact, reconnaît-il, j'avais pas vu...

Il se précipite sur un autre quartier de bœuf.

— Ça, oui, c'est du gâteau ! assure-t-il.

— Pauvre enflure, ricane Grodu, tu ne vois donc pas que c'est l'autre moitié !

Du coup, le nouveau membre de « la Belle Gaule du Matin » ne pipe plus mot. Pour se donner une contenance, il se cure le naze et dépose religieusement ses trouvailles sur sa cravate.

Moi j'ai un peu sommeil encore. Et puis, ce remugle puissant de barbaque accumulée me flanque mal au cœur.

Nous laissons Grodu procéder à ses achats. Après quoi, Bérurier demande où il peut faire le sien.

— Minute, dit le restaurateur, c'est au hall de la triperie qu'il faut aller...

Il va carmer son demi-bœuf et donne le bordereau à son porteur qui le coltinera à la bagnole. Ensuite il nous entraîne chez les tripiers !

Alors là, les gars, c'est nettement le gros cauchemar ! La boucherie, c'est du costaud. C'est net, c'est franc et ça ne vous porte pas trop à l'imagination.

Mais pour le rayon des abats, il n'en va pas de même ! Lorsque je passe le seuil, je manque dégringoler tellement ça chlingue ! C'est la méchante descente aux Enfers...

La capitale de la puanteur ! Le supermusée des horreurs ! Il y a d'immenses corbeilles emplies de têtes de vaches non décornées qui nous tirent la langue avec des yeux mi-clos et un air assez aimable. Il y a d'immenses bacs en zinc où s'amoncellent les attributs animaliers qui doivent assurer à Béru une pêche miraculeuse. Il y a des montagnes de foies ! Des Himalayas de cœurs ! Des Fuji-Yamas de tripes... Nous pataugeons dans le sang.

Bérurier tourne vers moi une pauvre gueule troublée par ces odeurs.

— Tu te rends compte ! balbutie-t-il.

Le seigneur m'ayant muni du sens olfactif, je me « rends compte », en effet.

Grodu, qui a l'habitude, se promène au milieu de ces organes comme un mannequin dans les laboratoires de Carven.

— Bon, il t'en faut beaucoup ? s'informe-t-il.

— Une livre décrète le Gros.

L'ami manque tomber à la renverse.

— Et c'est pour acheter une livre de r... que tu fais les Halles !

— Ben... On m'a dit que c'était moins cher qu'ailleurs...

Grodu interpelle un commerçant et se fait délivrer la quantité d' « appâts » nécessaire à mon éminent collaborateur.

Pendant ce temps, je contemple un panier de têtes.

— Tu sais ce qui serait bien ? fais-je.

— Non.

— Demain nous sommes le 1er avril... Les vieilles traditions se perdent. Pourquoi ne ferions-nous pas une bonne blague à Pinaud ?

La face cramoisie de Béru s'illumine.

— Quelle sorte de farce ?

— On pourrait lui envoyer une tête de vache, qu'en dis-tu ? Tu le vois déballer ça chez lui et se trouver nez à museau avec ce machin-là !

Il est enthousiasmé.

— J'en paie la moitié, clame-t-il dans un élan.

— D'accord. On va en chercher une très expressive... Tiens, celle-ci qui te ressemble un peu... Tu ne la trouves pas croquignolette avec sa langue pendante et son sourire Colgate ?

Bérurier se fait sévère.

— T'as des comparaisons désobligeantes, San-A.

Il examine la tête désignée et secoue la sienne.

— Elle n'a pas des cornes assez grosses.

— Exact, il ne lui manque que cela pour que la ressemblance avec toi soit parfaite !

— Qu'est-ce que tu sous-entends !

Il me fait des clins d'yeux éperdus. Il sait bien que je suis au courant de son infortune, mais il ne veut pas qu'on ébruite la chose. Si Mme Bérurier l'apprenait, elle pourrait en concevoir un ressentiment dont souffrirait le Gros.

— C'était une boutade, dis-je, magnanime.

Il respire.

— Attends, fait-il, Grodu va nous choisir une bath dans le panier. Une avec les yeux ouverts, c'est plus impressionnant...

On met le restaurateur au courant de ce projet et il ne le trouve pas particulièrement drôle. Il conçoit mal qu'on se serve d'une denrée somme toute alimentaire pour charrier un copain. Mais nous insistons et, en soupirant, le voilà qui se met à trifouiller dans la corbeille. Il chope les tronches de bovins par les cornes et nous les montre afin de nous permettre de fixer notre choix.

Nous passons en revue une demi-douzaine de ces répugnants trophées, nous appliquant à leur découvrir une ressemblance avec des amis communs, ce qui est moins difficile qu'on ne le suppose. Grodu va pour cramponner une septième tête de vache, mais son geste s'interrompt brusquement. Il demeure immobile au bord de la corbeille, se dandine un instant, puis il titube et s'écroule dans la fange sanguinolente.

— N... de D...! brame le Gros. V'là mon pote qui se répand !

On s'empresse. Le marchand d'abats, un gars courtaud et plus large que haut, nous aide à relever Grodu. On le coltine derrière le comptoir de pierre et on le fout sur une chaise dépaillée.

Le marchand pique sur un rayon un demi-litre de marc et introduit le goulot de la bouteille entre les chailles du restaurateur.

Ce dernier est blanc comme une nuit de Noël au Spitzberg.

— Il est cardiaque ? demandé-je à Béru.

— Lui ! Penses-tu ! C'est le Pont-Neuf !

— Le Pont-Neuf s'écroulera un jour, prophétisé-je.

On frappe dans les battoirs du copain... On lui octroie une seconde rasade de gnole... Et on surveille ses réactions. Lentement, sa vitrine se colore. Il pousse un soupir de jeune fille violée et ouvre ses stores.

— T'es allé à dame ! lui explique sans tergiverser Béru. Qu'est-ce qui t'est arrivé ?

Au lieu de répondre, Grodu tend le bras en direction de la corbeille.

— Là ! fait-il.

On dirait qu'il vient de voir passer une soucoupe volante.

— Quoi là ?

— Dans la corbeille ! Regardez !

Nous le moulons pour aller filer un coup de saveur à l'endroit recommandé. C'est le Gros Béru qui voit le premier « la chose ».

Il ne dit rien, ne tourne pas de l'œil à l'instar de son petit camarade, mais sa bouille crapoteuse verdit.

Je l'écarte d'un coup d'épaule.

D'accord, y a de quoi se déguiser en plat d'épinards, les gars !

Là, au milieu des têtes de vaches, de bœufs et de taureaux, il y en a une assez particulière : une tête de contribuable, tout simplement...

Je me crois le jouet d'une hallucination. Pourtant non... C'est bel et bien une tête humaine...

Je la désigne au marchand court sur pattes.

— Vous me mettrez celle-ci, lui dis-je. Et si ça ne vous ennuie pas, vous me ferez un paquet, parce que ça n'est pas pour manger tout de suite !

Il regarde, puis se précipite sur sa bouteille de marc.

CHAPITRE II

ON SE PAIE NOTRE TÊTE

Lorsqu'on a ranimé tous les défaillants, le flic de service est là qui se retient le bide à deux pognes au-dessus de la corbeille.

Puis, constatant que je suis le plus frais du groupe, il questionne d'une voix fléchissante :

— De quoi s'agit-il ?

— Vraisemblablement d'un crime, dis-je, car je doute que ce type (je montre la corbeille) se soit fait ça en se rasant.

La saillie (tout indiquée pourtant lorsqu'il est question de taureaux) ne fait rire personne.

J'attire le marchand de têtes à l'écart et je lui montre ma carte de matuche.

— Dites-moi, mon vieux, j'aimerais connaître votre version de l'affaire...

— Ma quoi ?

— Votre point de vue. Cette tête humaine n'est pas venue ici toute seule, hein ? Même en roulant, ça lui aurait été difficile !

Il est frisé, le tripier, ses biscotos sont plus larges que mon tour de taille et il y a dans ses yeux globuleux une incompréhension si totale que je ferme les miens pour éviter le vertige.

— Je ne vois pas comment ça a pu se produire, affirme-t-il.

— Où entreposez-vous ces charogneries ?

— Dans les chambres froides du sous-sol...

— Vous les laissez en tas comme ça dans les corbeilles ?

— Non, je les étale dans des bacs...

— Si bien que vous avez empli la corbeille ce matin ?

— Mais oui, il y a deux heures au plus... J'étais avec mon commis, il vous le dira.

— Bon, vous avez monté ce chargement ici, et après ?

— Après... Ben, on est allé chercher le reste... On fait plusieurs voyages, c'est forcé, avec toute cette camelote !

— Si bien qu'on a mis cette tête humaine avec les têtes de bétail ici ?

Ses gobilles se font la paire. Je tends la main pour les récupérer. Si dans un an et un jour il n'est pas venu les réclamer, elles seront la propriété de la banque des châsses.

— C'est forcé, admet-il. On l'aura placée pendant que j'étais pas là... C'est pas dur, vous savez... Ici c'est le va-et-vient, le gros vacarme... Personne ne fait attention à personne... Ça se bouscule, ça fonce...

M'est avis qu'il a à peu près tout bonni. Pendant que je l'interviewais, Béru a récupéré la tête du monsieur et l'a déposée sur un torchon, par terre.

Je ne sais pas si vous avez déjà reluqué une bouille humaine privée de la carcasse et des quatre membres qui la complètent, en tout cas je peux vous dire que c'est un spectacle plutôt affligeant.

Bérurier a mis ses instincts de pêcheur à part pour donner libre cours à la déformation professionnelle.

Il fait au tripier un geste précis pour lui enjoindre de s'approcher. Le pauvre gars obéit...

— Vous connaissez ce monsieur ? s'informe Bérurier.

Le commerçant examine la chose grise qu'on lui désigne. Il secoue la tête :

— Jamais vu !

La tête est celle d'un homme d'une quarantaine d'années autant que je puisse en juger. Son propriétaire avait un nez busqué, assez volumineux, une petite moustache poivre et sel et une abondante chevelure grise brillantinée. Au menton, j'aperçois comme une verrue pourvue d'un poil noir... Les lèvres sont retroussées sur des dents en parfait état ! Voilà qui va peut-être compliquer l'identification du mort. En général, les dentistes sont des auxiliaires précieux, dans ces cas-là.

Béru aboie dans le naze du tripier.

— Tu veux que je te fasse avouer, eh, face de rat ! Tu t'imagines qu'on va couper dans tes salades ? La vérité, je vais te la dire : c'est toi qui as décapité la tête de ce monsieur...

— Pléonasme ! fais-je sèchement.

Bérurier torche d'un revers de coude la morve que l'exaltation lui a mise au nez.

— Décapiter la tête est un pléonasme, insisté-je. Tu devrais potasser le vocabulaire au lieu d'aller à la pêche !

Il proteste du regard.

— Naturellement, poursuis-je, ce brave homme a coupé la cabèche à son propriétaire et il essayait de la brader pour augmenter ses bénéfices !

Le tripier se laisse tomber sur la chaise abandonnée par Grodu.

— Quelle histoire ! se lamente-t-il. Me faire ça à moi !

Là, il cherre un brin, le marchand de bas morcifs.

— Mettez une sourdine aux lamentations, vieux, conseillé-je. Je crois que c'est surtout à Cézigue qu'on a fait une sale blague !

Messieurs les poulardins du commissariat voisin arrivent sur ces bonnes paroles avec une escouade d'archers. Ces derniers évacuent la foule à coups de pèlerines, comme il se doit. Le commissaire commence une enquête hâtive d'où il ressort que personne, dans le hall de la tripaille, n'a remarqué quoi que ce soit de suspect. Je retiens Béru par la manche, car le digne flic voudrait s'occuper de tout. Or cette plaisanterie n'est pas de notre ressort, comme dit un marchand de sommiers de mes amis. Dans la poulaillerie, vous le savez, tout est compartimenté. Il suffit que vous mettiez les nougats dans les plates-bandes du voisin pour qu'il fasse du rififi en haut lieu comme quoi on ne lui laisse pas ronger son os peinard.

Le commissaire qui procède aux premières constatations appartient au genre pète-sec. C'est le gars qui doit potasser à la chandelle les revues spécialisées et qui se prend pour l'homme qui remplace le caramel mou.

Il me laisse entendre que cette tête lui appartient, et que, tout crack que je suis, ce que j'ai de mieux à fiche c'est de me contenter du rôle subalterne de témoin.

Je rétorque à cette crème d'ahuri que ce tronçon d'homme ne m'intéresse pas et qu'il peut le bouffer en vinaigrette si ça lui dit. J'ajoute que, si j'étais à sa place, je la ferais réduire, comme chez les indiens Jivaros, ce qui lui fournirait un original dessus de cheminée.

Là-dessus on se casse, Grodu, Bérurier et

votre petit San-Antonio joli, pour aller se refaire une santé chez le bistrot du coin.

Au quatrième godet, Béru est en pleine forme.

— Je boufferais bien quelque chose, avoue-t-il.

Le patron de la taule nous annonce qu'il a un pâté de tête étourdissant. Le gros en renverse son glass sur sa baveuse.

Comme on doit s'y attendre, l'histoire fait un gros tabac dans les canards ! Les journaux du soir tirent une spéciale avec manchette sur quatre colonnes et photo de la tête coupée à la une !

Installé peinardement chez moi, j'apprends de la plume des journalistes qu'on a fouillé toutes les Halles, chambres froides comprises, sans découvrir quoi que ce soit d'anormal. Cette bouillie est tombée du ciel : aucune nouvelle du restant.

De l'avis général, il s'agit d'un crime de sadique. Le meurtrier a découpé sa victime en morceaux dont il se débarrassera de-ci de-là. Il doit être du style : je sème à tout vent !

Il faut attendre la suite du cadavre comme dans les films à épisodes. Grâce à la bouille du zig, on va essayer de découvrir son identité. C'est pourquoi elle s'étale en première page des journaux.

Il faut attendre.

*
* *

Rien de neuf le lendemain. Le médecin légiste et les experts qui ont examiné la tête ont reconstitué le signalement suivant :

SEXE : Masculin.

AGE : Quarante-cinq ans (environ).

TAILLE : Un mètre soixante-dix (environ).

DENTURE : En parfait état. A signaler vieux plombage à une prémolaire droite !

CHEVELURE : Bien entretenue, probablement par un grand coiffeur.

YEUX : Gris acier.

SIGNES PARTICULIERS : Petites cicatrices aux tempes, aux ailes du nez et aux commissures des lèvres.

APPRECIATIONS GENERALES : Il est à peu près certain que la décollation n'a pas été la cause du décès. Celle-ci est survenue bien après. La victime, à en juger à sa morphologie, pourrait être de race anglo-saxonne. Elle fumait du tabac blond de marque turque (particules trouvées entre les dents).

La séparation de la tête a été opérée avec un couteau bien affûté par quelqu'un n'ayant aucune notion d'anatomie.

Et voilà le turbin. Avec ça, messieurs les perdreaux doivent se débrouiller !

Si ces renseignements emplissent la grande presse, par contre, dans les canards humoristiques, le gars Béru et moi-même sommes choisis comme têtes... de Turcs !

On nous représente, déguisés en bovins ou bien en sans-culottes en train de brandir la bouille d'un décapité.

Le Vieux, à la manufacture de chaussettes à clous, est dans tous ses états. Il nous fait appeler à tout moment pour nous dire que nous n'avions pas besoin de nous signaler à l'attention du grand public d'une façon aussi tapageuse. J'ai beau lui objecter que cette histoire est nettement indépendante de notre volonté, il me coupe la parole avec violence.

Le matin du troisième jour, on n'a toujours rien découvert au sujet du décapité. La presse continue de se foutre de notre bougie tant que ça peut. Je ronge mon frein, ce qui est mauvais pour les nerfs... La pile Zoé est du point de vue énergie une peau de banane à côté de moi. La hargne du Vieux m'est intolérable. Cette espèce de chevelu-à-rebours est « chauvin », si je puis me permettre une telle expression pour qualifier un monsieur qui a autant de cheveux sur le crâne que sous la plante des pieds. Il en veut à ses proches de tout ce qui ne tourne pas rond !

Bientôt ce sera ma faute si la France n'a pas gagné la guerre de 70 !

Donc, ce troisième jour, le téléphone intérieur zonzonne dans mon burlingue. Je suis en train d'étudier un dossier relatif à une affaire de poste clandestin construit par deux bricoleurs. Je décroche et la voix acide du Boss crachote :

— Montez immédiatement avec Bérurier !

Je me lève et vais ramasser le Gros dans la pièce voisine. Armé d'une règle, il explique à Pinaud comment il s'y est pris pour rater une brème d'au moins cent grammes, la veille.

Le Vieux nous attend, dis-je. Il va y avoir une nouvelle séance de ramonage, je sens ça. Il m'a paru aussi aimable qu'une ménagerie affamée...

En soupirant, Béru jette sa règle sur le bureau, réussissant ainsi à renverser son encrier sur le futal de Pinaud qui pousse des cris d'orfèvre. Nous nous dirigeons vers l'ascenseur hydraulique. Il met dix minutes par étage, mais pour aller où nous allons, plus ce sera long, mieux ça vaudra...

— Il commence à me faire tartir, l'Homme chauve ! décrète Bérurier en s'administrant néanmoins un coup de peigne. Je vais lui dire deux mots, tu vas voir.

Il essuie son peigne édenté à sa cravate lie-de-vin, souffle les pellicules qui ont chuté en neige sur ses revers et remise son mégot allumé dans la poche supérieure de sa veste, derrière les quatorze stylos à bille multicolores qui ornent son devant.

Pas content, vaguement inquiet aussi, je frappe à la lourde.

— Entrez !

Comme toujours dans les cas graves, le patron se tient adossé au radiateur. Son crâne ivoirin brille, son regard froid également.

— Salut, chef !

Il ne répond rien. D'un geste adroit, il cueille un journal déployé sur son bureau. Il s'assure que nous sommes tout ouïe et ligote :

« D'ordinaire, la police prétend devoir ses échecs au fait que les premiers témoins brouillent les pistes. Lorsque ces premiers témoins sont des policiers, cet argument n'est-il pas insoutenable ? »

Il jette le journal à nos pieds et je constate qu'il a souligné le passage en question au crayon bleu.

Il attend dix secondes et, de sa voix glacée, demande :

— Alors ?

Béru hausse les épaules.

— Ce que les journalistes sont vaches, tout de même !

— Ah ! ne parlez plus de vache ! tonne le Vieux. J'en ai assez entendu parler, ces derniers jours...

S'adressant particulièrement à moi, il demande :

— Qu'en pensez-vous ?

Je soutiens son regard conçu et réalisé par Frigélux.

— Patron, je conçois votre humeur, et je la partage. Mais qu'y puis-je ?

« D'accord, un fichu hasard a voulu que nous soyons témoins de la macabre découverte, mais ça n'est pas nous qui menons l'enquête !

Il va pour exploser. Pourtant mon calme lui en impose et il retourne se chauffer les noix au radiateur.

— C'est à ce sujet que je vous ai fait appeler tous les deux... J'en ai assez de vous voir la risée de la presse. Puisque nos collègues de la criminelle sont des incapables, c'est vous qui allez officieusement vous occuper de l'affaire...

— Nous ?

— Vous et Bérurier ! Et il me faut des résultats rapides, vous m'entendez ? Je vous accorde un congé illimité, faites-en bon usage !

Il claque des doigts.

— C'est tout !

Nous saluons d'une inclinaison du buste et nous mettons notre pied droit devant le gauche, puis le gauche devant le droit jusqu'à ce que ces opérations répétées nous aient conduits hors du burlingue.

Une fois la porte refermée, Béru m'adresse un clin d'œil.

— Dans un sens, ça ne s'est pas trop mal passé !

— Tu trouves ?

— Congé... On va bricoler là-dessus en souplesse, non ?

Je hausse les épaules.

— En souplesse, mouais ! Tu l'as entendue, cette patinoire à poux ? Il veut des résultats rapides ! Je te fiche mon billet qu'avant une heure il va appeler pour nous demander si ça avance...

Bérurier ressort son mégot et l'allume.

— Par quoi on commence ?

— Va chez les petits confrères, manière de savoir où ils en sont au juste. Demande-leur, mine de rien, si la photo du décapité a été publiée dans les journaux étrangers... Enfin, m..., ce type-là n'est pas arrivé à quarante-cinq ans sans connaître personne ! Il devait bien dire bonjour à sa concierge et s'acheter le journal !

— Peut-être qu'il habitait un terrier et qu'il savait pas lire, suggère intelligemment Béru.

Il ajoute :

— Et toi ?

— Moi, quoi ?

— Qu'est-ce que tu vas faire pendant ce temps ?

— Méditer sur ton esprit. Y a de quoi se recueillir...

CHAPITRE III

UNE VAGUE IDÉE... DERRIÈRE LA TÊTE

Bérurier parti, je me sens en proie à une angoisse étrange. Cette histoire de tête ne me dit rien qui vaille. J'aime le mystère, vous le savez, et cependant celui-ci me rebute, comme s'il était porteur de maléfices...

Ce qui m'épate, c'est qu'on n'ait pas retrouvé les restes du mort. Qu'est-ce que son assassin a bien pu en fiche ? Et pourquoi aller déposer la tête à l'endroit où nous l'avons dénichée ? Il plane dans tout cela comme une ambiance de monstrueux canular. C'est ce détail qui me fait croire que nous nous trouvons en face d'un fou. Or les dingues me flanquent les jetons. J'ai connu bien des gros méchants qui ne reculaient devant rien de ce qu'il est humainement possible d'accomplir dans le rayon du meurtre, mais ils ne m'ont jamais effrayé outre mesure. Avec un zig qui a une panne de secteur dans le transformateur, on avance dans des sables mouvants. Les fous sont les vrais seigneurs de cet univers, parce qu'ils échappent à toutes les lois humaines. Ils sont murés dans leur vérité absolue et quand vous frappez à leur lourde, c'est comme si vous attendiez que la Seine s'arrête de couler pour la traverser à pied sec.

Oui, je suis troublé.

En attendant le rapport de Béru, je descends écluser un scotch à la brasserie... Comme il est midi, j'y trouve Pinaud, l'ineffable, occupé à surveiller le corsage de la bonniche, comme un vieux matou à l'affût devant un trou de souris.

D'autres collègues éclusent des boissons fermentées. En me voyant entrer, ils se poussent du coude et, avec un ensemble de choristes noirs, font « Meueueuhh ! »

Je ravale ma rogne.

— Pour des ânes, c'est pas mal imité, conviens-je.

Je m'approche du père Pinuche dont l'œil pleure à force de fixité.

— Vieux salingue, lui dis-je, t'as pas honte de mater l'échancrure de mademoiselle ? Qu'est-ce que tu crois qu'il va en sortir : un petit oiseau ?

La serveuse glousse de contentement. Les femmes, c'est ça. Si vous avez une frime potable, comme c'est mon cas — soit dit entre nous et votre quatrième tiers provisionnel —, vous pouvez leur déballer la pacotille la plus minable... Mais si vous n'avez à leur proposer qu'un grand amour et la trogne d'hépatique à Pinuche, elles vous conseillent d'aller vous tirer une balle dans le cœur un peu plus loin pour ne pas salir la carpette !

Voilà un bout de temps que cette nana me fait du rentre-dedans. Elle a une façon de laisser traîner ses boîtes de lait Mont-Blanc sur mon bras en me servant mon petit crème vespéral qui en dit long sur ses aspirations secrètes ! Avec une bergère de ce gabarit, le feu vert est toujours mis ! Faut être timoré pour ne pas annoncer son sous-marin de poche ! Ou alors faut aimer le tournedos Rossini !

Je lui décoche une œillade qui ferait frissonner un champ de blé. Elle y répond par un regard qui appelle l'instincteur à grand rayon d'action. Pinuche vide son godet, amer.

— Avec toi, marmonne-t-il, on ne peut pas se placer. Je ne sais pas ce qu'elles te trouvent mais dès que tu parais, ces dames se mettent à bégayer...

Au lieu de répondre, je me détranche sur la poulette. C'est une petite rouquine qui se croit blond vénitien et qui s'efforce de cacher ses taches de rousseur sous trois centimètres de fond de teint. Elle a des yeux noirs, pas trop stupides, et une bouche charnue comme je les aime.

Pour la carrosserie, c'est du petit format, mais bien enveloppé. Comme ma vie sentimentale est pour l'instant aussi déserte que l'intérieur d'un tambour, je me dis qu'une partie de tumeveux-tumas avec cette jouvencelle me changerait un peu les idées.

— On fait un 421 ? propose Pinaud.

Le voilà qui veut oublier ses désillusions dans l'enfer du jeu.

— D'accord.

Marguerite nous amène la piste cendrée. Et on malaxe les bobs sans trop de conviction.

— Tu penses à autre chose ? remarque Pinuche.

— A quoi tu le vois ?

— Puisque je gagne...

Je lui souris. Brave vieux chnock, va !

— Qu'est-ce qui te préoccupe, tu es amoureux ?

— Oui : de la princesse Margaret ! Mais la reine mère fait du suif parce que j'ai eu la rougeole étant petit !

Il mordille sa moustache de vieux rat fripé. Alors pris de pitié, je lui casse le morceau sur la mission dont le Vieux nous a chargés. Pinaud m'écoute, attentif.

— Drôle de pastis, apprécie-t-il.

— D'après toi, c'est le turbin d'un dingue, hein, Pinaud ?

Ça vous surprend peut-être que je le consulte, mais laissez-moi vous dire que ce débris est de bon conseil en matière de police.

Il réfléchit un bout de temps, en cherchant à douze reprises le 421 sans arriver à l'obtenir.

— Je ne crois pas, murmure-t-il enfin.

— A cause ?

— J'ai lu les journaux...

— Moi aussi. C'est même ce qui m'incite à penser que seul un fou a pu agir de la sorte !

— Le comportement de l'assassin, bien sûr, plaide pour cette thèse !

Le voilà parti dans les formules chères au Boss.

Il s'adosse au zinc, toujours comme fait le Boss avec le radiateur. Il passe également deux doigts entre son cou et sa chemise, comme s'il voulait donner du jeu au col. Précaution bien superflue en ce qui concerne mon valeureux camarade, puisqu'il a toujours des limaces de taille 43 alors qu'un petit 38 suffirait à son cou de cigogne.

— Tu disais, Pinuche, que le comportement de l'assassin corroborait la thèse...

— Oui, seulement la personnalité de la victime l'infirme !

— Allonge-toi...

— D'après la tête, le décapité était un homme plutôt élégant.

— Et alors ?

— Un fou qui fréquente les Halles à quatre heures du matin n'appartient pas à l'élite, tu es d'accord ?

— Qu'est-ce que ça a à voir avec la victime ?

— Il y a toujours à voir entre un assassin et sa victime. Sauf dans le cas du crime crapuleux, mais dans ce dernier le meurtrier ne perd pas son temps à découper celui qu'il vient de détrousser.

Je fais signe à Marguerite d'arroser nos verres vides.

— Bon, ta devise est en somme celle-ci : qui s'entre-tue se ressemble ? Elle donnerait donc à penser que l'assassin est aussi un type bien. Alors je te retourne ton objection. Qu'est-ce qu'un type bien, fût-il assassin, irait fiche au stand de la triperie des Halles de Paris à quatre heures du matin ?

— Peut-être qu'il passait par là et qu'il a eu l'idée de se débarrasser de cette tête. C'est un colis encombrant, tu ne crois pas ?

Ce qu'il expose me paraît marqué au coin d'un certain bon sens, comme se plaisait à le dire la marquise du Gras du Prose.

— Oui, faudra que je gamberge à tout ça. Ma revanche ?

— Si tu veux...

Nous continuons de rouler les bobs, moi pensant, Pinuche gagnant jusqu'au retour de Bérurier.

Celui-ci paraît à deux doigts de l'apoplexie. Il s'affale sur une banquette voisine et s'évente avec un rond de demi à bière.

— Ah les tantes ! brame-t-il.

Je moule le père Pinuche pour m'installer près du Gros.

— Qu'est-ce qui t'arrive ?

— J'ai vu les gars de la Criminelle ! Tu peux pas savoir ce qu'ils se sont offert ma bouille ! C'est un comble, non ? Ils ne sont pas fichus de dégauchir le moindre indice et c'est eux qui rigolent. Je me suis retenu parce que j'aime pas les histoires, mais ç'aurait été que mon tempérament, ils allaient comprendre leur douleur.

Je le calme d'un geste auguste d'empereur romain.

— Claque pas de congestion cérébrale dans ce troquet, ça ferait désordre ! Leur enquête n'a pas avancé ?

— Avancé ! Tu veux dire qu'ils l'ont cimentée au plancher !

Il glisse un ongle en forme de tuile entre ses chicots et le fait claquer.

— Pas ça ! Balpeau ! Le néant ! D'après eux, cette tronche est tombée du ciel !

— Ils ont passé la photo dans les baveux étrangers ?

— Oui : Angleterre, Benelux, Allemagne, Italie... Et ils en ont communiqué un exemplaire agrandi au F.B.I... Jusqu'ici, personne ne reconnaît le macchab. C'est pas formide, dis ?

— Ça l'est !

— Et les commerçants de la tripaille, ils les ont questionnés tous ?

— Pendant trois jours ils n'ont fait que ça, l'équipe à Tranouque ! Depuis les porteurs jusqu'aux mandataires ! Mais personne n'a rien remarqué d'anormal. Ils ont vérifié la vie privée du commerçant qui m'a vendu les valseuses, et puis celle de sa bergère, de son commis, de son petit-cousin : zéro ! Le tripier est complètement cisaillé ! Depuis cette trouvaille, personne ne lui achète rien, comme quoi on redoute qu'il brade des abats d'homme ! Tu réalises ?

Bérurier s'éponge le front au moyen d'un mouchoir dont un corsaire pourrait se servire comme pavillon noir.

— Un grand blanc ! clame-t-il.

Marguerite vient le servir et s'arrange pour déposer deux kilos de son nichon gauche sur mon épaule.

Je lui fais une petite caresse amicale. C'est doux comme du velours et ça me fait rêver à une vie moelleuse à bord d'un nuage rose. Toute ma vie j'ai eu envie d'habiter dans un nuage rose... De me baguenauder dans un infini bleu, poudré d'or, et de contempler de là-haut cette planète Terre ravagée par une moisissure appelée L'Homme !

— Te gêne plus, grommelle Bérurier.

Il dépose son feutre crasseux sur la banquette. Le cuir du bada a mis une couronne blanchâtre sur son chef.

— Je nous vois mal partis, affirme-t-il.

Pinuche nous demande la permission de se mêler à notre désenchantement.

Nous la lui accordons d'un double grognement. Il s'assied.

— C'est un coup à gâcher notre carrière, mine de rien, dit Bérurier. En haut lieu, on vous pardonne un échec, mais on ne vous pardonne pas de sombrer sous le ridicule !

Il vide son verre avec une telle promptitude que je me demande s'il a jamais été plein.

— Dans mon quartier, enchaîne-t-il, on me traite de tête de vache ! Moi, Bérurier ! Ma femme aussi se fout de ma hure !

— C'est pas d'aujourd'hui, coupé-je. Il y a longtemps que ta pétasse t'a déguisé en tronche de bœuf, Gars... Efface un peu, on a mieux à fiche...

— Tu trouves ?

— Oui. D'accord, le hasard nous a collés dans un merdier stupide. D'accord, on nous prend pour des lavements, d'occasion, mais nous aurons notre revanche...

— T'es optimiste !

— C'est pas de l'optimisme, c'est de la volonté. J'ai l'habitude d'avoir le dernier mot, figure-toi !

Mon attitude le réconforte.

— Mais puisqu'il n'y a rien de neuf ! Comment penses-tu retrouver le fumelard qui... ?

— Il faut attendre, conseille Pinaud. Il se débarrassera bien du restant...

J'abats mon poing sur le guéridon de marbre.

— Non, on n'attendra pas !

— Eh bien alors, quoi ?

— Puisqu'il n'existe aucune piste, nous allons en fabriquer une !

Les deux larrons ouvrent des carreaux grands comme le rond-point des Champs-Elysées.

— Fabriquer une piste, bavochent-ils en chœur.

— Parfaitement...

Je fais claquer mes doigts.

— Marguerite ! Apportez de quoi écrire et venez vous asseoir un instant.

Le patron de troquet, un gros cornichon désœuvré, se met à rouscailler derrière son enregistreuse. Il dit que c'est l'heure de pointe et que sa bonne est là pour servir les clients, non pour s'asseoir avec eux.

Je lui conseille de quitter son rade où il

s'ankylose et de remplacer un instant la rouquine.

Il obéit en râlant de plus belle, mais ses protestations me font autant d'effet qu'une fiente de pigeon sur un tas de fumier. La servante s'annonce avec un vieux sous-main noir qui contient une feuille de méchant papier quadrillé et une enveloppe d'ultime qualité.

— Ça vous ennuierait d'écrire une lettre sous ma dictée, mignonne ?

Elle paraît surprise et ravie.

— Mais non...

— Alors asseyez-vous et écrivez...

Je lui tends mon stylo à bille.

— Qu'est-ce que tu lui fais écrire ? s'inquiète Bérurier.

Je lui balance, sous la table, un coup de chausson qui le fait pâlir.

— Essaie donc de fermer ta grande gueule une fois dans ta vie, conseillé-je. Tu ne peux pas savoir combien c'est reposant !

Il se le tient pour dit. Pinuche roule une cigarette de ses doigts tremblotants. Lorsqu'il l'a terminée, le tabac repose en paix sur son pantalon et il ne lui reste à fumer qu'une feuille de papier.

— J'attends... ? fait observer Marguerite en m'envapant de ses yeux incandescents.

Je me gratte la joue.

— Bon, allons-y...

Et je dicte :

— *Monsieur le Rédacteur en chef...*

Elle tire un bout de langue rose, qui me laisse rêveur et calligraphie laborieuse en répétant :

— Mon...sieur... le...

Elle s'interrompt.

— Le quoi ?

— Le Rédacteur en chef !

— C'est son nom ?

— Mais non ! C'est sa fonction... Il dirige la rédaction du journal...

— Duquel ?

Je réfléchis.

— On va adresser ça à *France-Soir !*

Marguerite se lève.

— Alors, attendez, je vais aller acheter un plus beau papier !

Elle commence à me faire tartir, la gosse ! C'est l'Inintelligence Service, cette fille-là !

— Pas la peine, celui-ci convient magnifiquement.

— Oh ! bon...

Elle poursuit d'une écriture plus pointue, parce que agacée. Je reprends ma dictée sous les regards attentifs de mes acolytes.

— *Je me trouvais aux Halles dans la nuit du 30 au 31 mars dernier...*

La serveuse écrit, puis, une fois encore, s'arrête.

— C'est pas vrai, je ne m'y trouvais pas... Je suis jamais été aux Halles, d'abord !

— Ne vous occupez pas de ça, mon petit, et continuez !

— Ce que j'en dis... Je voudrais tout de même savoir à quoi ça rime ! proteste-t-elle.

— Vous avez confiance en moi, oui ?

Ses yeux retrouvent leur velouté.

— Bien sûr.

— Alors faites-moi confiance. En ce moment, vous aidez la police !

Et je poursuis, décidé à ne plus tolérer la moindre interruption.

— ... *J'ai vu le quelqu'un qui a mis ce que vous savez dans la corbeille au tripier !*

Par un effort de mimétisme, j'arrive à piger le style de la rouquine. Ravi par mon « à la manière de », j'enchaîne :

— *Je n'en ai pas causé à la police vu que j'aime pas beaucoup les flics...*

— Oh ! proteste la fille.

Je lui refoule ses protestations d'attachement dans le gosier.

— Allez, allez, écrivez...

— ... *et que j'ai pas de raisons de les aider dans leur travail. Mais si vous me donniez un petit quelque chose raisonnable, je vous dirais tout à vous.*

Elle fait fissa pour suivre.

— A la ligne !

— Je dois l'écrire ?

— Mais non. Point à la ligne...

— Ah bon !

— ... *Au cas où mon offre vous intéresserait...*

Bérurier, qui suit la rédaction de la missive par-dessus l'épaule de la fille, croit opportun d'intervenir.

— Deux « r » à intéresser ! affirme-t-il.

La souris me regarde.

— N'écoutez pas cette enflure, ma chérie... Il a appris l'orthographe en conduisant un tracteur agricole !

Vexé, Béru déclare :

— Comme vous voudrez, en tout cas moi j'en mets toujours deux.

Je règle l'incident par un haussement d'épaules bien senti.

— ... *faites-le-moi savoir par une note dans votre journal. Je donnerai alors rendez-vous à votre rédacteur qui m'amènera le fric.*

Elle achève d'écrire.

— On signe ?

J'hésite.

— Vous vous appelez comment ?

— Marguerite Mathieu !

— Alors signez Marguerite M..., simplement !

— Voilà.

— Merci. L'enveloppe, maintenant. Monsieur le Rédacteur en chef de *France-Soir* Paris...

Le taulier s'impatiente.

— C'est fini, les tartines, ouais ? aboie-t-il. Vous la prenez pour la marquise de Sévigné, ma serveuse, ou quoi ?

— Vaquez à vos occupations, mon enfant, conseillé-je en lui glissant un solide pourliche.

Je la retiens par la manette.

— Eh, dites, à quelle heure vous finissez de subir la férule de ce négrier ?

— A quatre heures !

— O.K.... Je vous attendrai en face au volant de ma voiture, gi ?

Elle bat des paupières, ravie.

Le mastroquet s'avance, la bonbonne en avant.

— C'est moi que vous traitez de négrier ? s'informe-t-il d'une voix pâle.

Sa trogne bouffie a la blancheur Persil. Il met ses poings sur les hanches parce qu'il a vu faire ça dans son pays aux acteurs des tournées Machinchouette !

— Probablement, acquiescé-je. Y a pas d'autres marchands d'esclaves dans cette turne, si ?

— Je supporterai pas qu'un salaud de poulet vienne m'injurier chez moi ! hurle-t-il. J'en ai classe de cette promiscuité ! J'aimerais mieux recevoir des clodos que des perdreaux !

Je lui fais sauter la boucle de sa ceinture

d'un geste rapide. Il cramponne son falzar d'extrême justesse.

— Et ça me déculotterait ! glapit le digne marchand de liquides.

Je me lève et glisse la lettre de Marguerite dans ma poche.

— Râle pas ou je t'envoie le service des fraudes.

Il prend le parti de rire.

— Je voudrais voir ça !

— Ça peut venir !

Pinuche tapote ma poche.

— Qu'est-ce que tu as dans l'idée avec ça, San-A. ?

Le sais-je exactement ?

— On va essayer de constituer un abcès de fixation à l'affaire... Ça donnera ce que ça donnera...

— Quelle consigne, pour moi ? demande Bérurier.

— Tu paies les consommations, et tu vas à la pêche jusqu'à nouvel ordre !

Je les quitte et vais confier la lettre à un planton en lui recommandant d'aller la poster par pneumatique. C'est un peu la bouteille à la mer, malgré la célérité de sa distribution.

Je vais m'enfermer dans mon bureau et j'appelle, au quai, mon éminent collègue, le commissaire Tranouque, chargé de l'affaire.

— Ici, San-Antonio, dit Tête de...

Il se marre.

— Dites, vieux, *France-Soir* va recevoir une lettre tantôt dont on vous parlera sûrement. N'y attachez pas d'importance. C'est une blague qu'on fait aux journaleux. Depuis le temps qu'ils nous prennent pour des têtes de Turcs...

— D'accord, promet Tranouque.

Je lui file quelques perfides paroles d'encouragement et je raccroche. M'est avis que ma tentative est vouée à l'échec. Je commence vraiment par la solution désespérée, mais enfin, l'essentiel n'est-il pas de faire quelque chose ?

Je regagne mon pavillon en ruminant des trucs nostalgiques qui me donnent envie d'aller voir sur une plage de la Côte si j'y suis !

CHAPITRE IV

TÊTE-À-TETE

Félicie a préparé du bœuf en daube et je m'en flanque jusqu'aux oreilles incluses. Après quoi, je m'offre une petite sieste du genre constrictor, en recommandant à ma brave femme de mère de m'éveiller à trois heures tapantes, ce qu'elle fait.

Voilà la vie bien comprise, direz-vous. Là, je me déclare cent pour cent d'accord, bien que je vous tienne tous pour une bande d'éclopés du cervelet.

Je vous parie une salle de séjour contre un séjour à Charenton que les prochaines heures seront difficiles à gober. Votre San-Antonio bien-aimé est à bout de nerfs ; or vous savez que lorsque je suis branché sur la haute tension il faut que ça pète ou que ça dise pourquoi !

Je revêts une chemise italienne rose saumon, un costard gris perlouse. Je noue une cravate rayée gris et rose, et me voici déguisé en Beau-Gosse.

J'embrasse m'man qui me demande si je rentre dîner, je réponds évasivement et je me trotte au rancart de ma sirène des bars-tabacs. Comme j'ai eu l'honneur de vous le bonnir, voilà plusieurs jours que je n'ai pas couru le guilledou et je me sens en pleine bourre pour jouer « Le Retour de Casanova ». Vous direz que j'ai un faible pour les amours ancillaires, à quoi je vous répondrai que ce sont celles qui conviennent le mieux à un homme soucieux de sa liberté.

J'ai eu pour amies des nanas de la Haute, des cérébrales, des artistes, je peux donc vous en parler et vous dire tout le mal que j'en pense. Quand un tombeur comme Bibi se farcit ces filles-là, il s'expose irrémédiablement à des emmouscaillages maison ! Ces chochotes vous font payer chérot la rançon de leurs corps. Quand elles passent au décarpillage, elles ne sont pas nues pour autant. Il leur reste sur le râble une telle épaisseur de préjugés, de mondanités et de prétentions que, pour se faire reluire, on est obligé de penser à la radeuse du coin, nature et pas bêcheuse. L'amour au cinéma, c'est nécessaire. Mais le cinéma dans l'amour, moi je trouve ça débecquetant !

S'il est un moment où l'on doit accrocher sa gamberge au même clou que son grimpant, c'est bien celui-là, non ?

Vous aimez, vous, les locdues façon bas-bleus, qui vous expliquent le ressort secret de leur âme au moment où vous leur faites le coup du garde champêtre amoureux ? Et les autres, celles qui lèvent le petit doigt pour écluser le thé, et le petit doigt de pied pour se laisser aimer ? Parlons-en ! Et parlons-en à la troisième personne, que dis-je ! à la quatrième... Tiens, oui : il faut créer une quatrième personne pour ces cavités prétentieuses ! La quatrième personne de l'impersonnel. Une révolution dans la grammaire ! Ça les situerait illico socialement. On leur accrocherait cette quatrième personne au fignedé pour avertir les aminches : attention ! travaux littéraires ! Si pas licencié, s'abstenir et si licencieux, voir ailleurs ! Parfaitement, les mâles devraient se rendre ce menu service. Vous chargez des bonnes femmes bien souvent sans savoir où vous portez vos lattes ! Vous faites confiance à leurs rondeurs et à leurs yeux en tire-bouchon, sans piger qu'elles vous entretiendront de leur moi second au lieu de jouer à Toi et Moi ! Ça y est, c'est dit : on fonde la ligue, hein, les potes ? La société des Amis de la paix, de l'unique, de la vraie, de celle que vous accordent les petites camarades de lit !

En attendant, croyez-moi, lorsque vous vous annoncez dans une maison bourgeoise où la baronne vous fait du rentre-dedans, n'hésitez pas une seconde : grimpez la bonne ! Avec elle, vous n'aurez pas besoin d'avoir lu Proust, ni d'avoir visité la dernière exposition de Buffet ! Et si la soubrette sent davantage l'eau de javel que « Conquête » de Lancôme, consolez-vous en pensant que les cadeaux que vous aurez à lui faire n'amocheront pas votre budget !

Tout en philosophant, j'ai franchi la distance qui sépare mon domicile fixe de la grande taule.

La serveuse de la brasserie est déjà laga qui poireaute dans un manteau de drap qui la fait ressembler à une orpheline.

Ça, c'est comme qui dirait le revers de la médaille. Les bonnes, il faut les embarquer dans leur tenue de turbin, parce que c'est commack qu'elles sont à leur avantage. Autrement, elles ne ressemblent plus à grand-chose !

Je stoppe à sa hauteur et je délourde. Elle s'engouffre dans mon bahut comme si elle se jetait dans la Seine.

— Filez vite ! supplie-t-elle, je crois bien que mon patron se doute de quelque chose.

— Et après, votre vie privée ne le regarde pas, si ?

Elle rougit. Je comprends que ce gras-dubide lui fait faire certaines heures supplémentaires lorsqu'il a trop mis de poivre sur son steak de midi.

— Où on va ? s'informe-t-elle après que j'ai tourné le coin de la rue.

— Qu'est-ce que vous diriez d'une séance au cinoche pour commencer ?

Le programme n'est peut-être pas extravagant, mais à l'occasion je marme dans le classique.

Elle bat des mains et me demande si j'ai vu jouer « Trémolo ».

Je lui réponds que non.

On y va. C'est le grand machin en vistavision avec le concours de la maison Gevacolor et des esquimaux Gervais.

Le film narre l'histoire d'un chanteur cocu. Ses chansons sont pourtant enregistrées sur disques Haute Fidélité ! Le pauvre gars, après avoir perdu ses cheveux et sa femme, perd sa voix ! Ses ennuis s'arrêtent après la perte de ses clés.

Voilà une bande qui fait penser... (à autre chose naturellement). La perruque du ténor a été fournie par la maison Dugomier, et son absence de voix par Tino Rossi.

La rouquine est ravie.

— C'est beau, affirme-t-elle comme nous sortons.

Mon premier soin, de retour à l'air libre, c'est d'acheter *France-Soir*. Je vois que la bafouille de Marguerite a produit son petit effet. Elle est publiée *in extenso* à la une. Je me jette sur l'article qui la précède comme un lion affamé sur une entrecôte marchand de vin.

Le rédacteur annonce qu'il donne cette nouvelle sous toute réserve, il ajoute qu'il est prêt à rencontrer Marguerite M... quand et où elle le voudra. Il donne sa parole que c'est avec l'accord de la poulaillerie qu'il agit ainsi et jure qu'il viendra seul au rencart éventuel, pour débattre les conditions...

— On ne part pas ? s'impatiente ma compagne.

J'opine.

— Tout de suite, trésor chéri... Où allons-nous ? Il est trop tôt pour dîner, non ?

Elle détourne ses lampions.

— On pourrait aller chez moi, suggère-t-elle. Il doit me rester un peu d'apéritif... C'est du vin d'orange que ma mère m'envoie de la campagne !

Je saute sur l'occase à pieds joints.

— Avec joie, ma petite Margaret, seulement, auparavant, il faut que je fasse une course rue Réaumur...

Je pédale jusqu'à *France-Soir* et je laisse ma tire en double file en recommandant à ma donzelle de séduire les bignolons qui viendraient rôdailler à proximité.

Elle promet et, pour me montrer ses possibilités, fait jouer ses ramasse-miettes à plusieurs reprises.

— Parfait, lui dis-je. Avec un tel pouvoir

de séduction, vous devriez faire du ciné, la mère Mansfield n'aurait plus qu'à aller vendre des moules !

Je fonce à la rédaction du grand journal et je demande à voir mon pote Bleau qui tient la chronique des collectionneurs de bagues de cigares à *France-Soir.*

Justement, il passe dans le couloir au moment où l'huissier me répond qu'il est parti. On se congratule.

— Viens au bar ! me dit-il, je t'offre un scotch...

— Pas le temps...

Je lui colle la dernière édition sous le naze.

— Tu connais le gars qui a écrit ce papier sur mon affaire des Halles ?

— Bien sûr, c'est Laroute !

— Je peux le voir, cet homme ?

— Viens...

Nous traversons des salles de rédaction jonchées de papiers divers où des gars ont l'air de faire des choses mystérieuses à la lumière de leur réflecteur de bureau.

Tout en cheminant dans le labyrinthe, Bleau m'explique qu'il est heureux de sa situation. Il a droit à la sympathie de ses chefs, plus à un mois de congés payés... Et puis il va monter en grade. L'an prochain, il aura un job pépère. C'est lui qui sera chargé du résumé des bandes dessinées. Comme celui-ci ne comporte qu'une ligne il ne se fatiguera pas beaucoup.

— Tu comprends, me dit-il, c'est grâce à mon sens de la concision que je vais obtenir cet emploi. Prenons par exemple le feuilleton n° 1164 de « Juliette de mon cœur », hein ? Je lis le résumé des mille et quelques feuilletons parus...

Il s'empare d'un journal et lit effectivement :

— « *Zelma croit que son mari Caroll va rendre l'argent qu'il a dérobé à la Compagnie de Construction de Devon.* »

— C'est déjà beau comme raccourci, apprécié-je.

— N'est-ce pas ! exulte Bleau. Eh ben, moi, je ferais encore mieux !...

— Vas-y !

— Voilà ce que j'aurais écrit : « *Caroll restitue arg. C° C. D. — Zelma.* »

— Bravo, tu es un génial !

Bleau se penche sur moi.

— Nous assistons à une évolution du langage, annonce-t-il, présentement nous en sommes à l'abréviatif ; demain ce sera l'onomatopée pure et simple ! Il s'agit seulement de ne pas se laisser distancer.

— C'est vrai, dis-je. L'avenir est au silence ! Si j'étais quelqu'un dans le cinéma, je me dépêcherais d'inventer le cinéma muet ! Il y a une fortune à gagner là-dedans !

Nous poussons une dernière porte et je me trouve face à face avec un gars en manches de chemise qui réussit simultanément à boire un demi, peloter une secrétaire, téléphoner à sa femme pour dire qu'il ne rentrera pas et lire le dernier numéro de *Paris-Match*.

Notre venue ne le trouble pas outre mesure et il met un bout de temps avant de s'arracher à ses multiples occupations.

Lorsqu'il a repoussé *Match*, raccroché le téléphone, vidé sa bouteille et retiré sa main de sous les jupes de la môme, il tourne vers nous un visage cordial.

— Tiens ! fait-il, l'illustre commissaire San-Antonio !

Il me tend la main.

— Vous me connaissez ? fais-je, surpris.

— Qui ne vous connaît pas dans la presse ?

Il se tourne vers Bleau.

— Modeste, avec ça ! Hein... Vous n'avez pas lu notre Dernière, commissaire ? J'ai du nouveau.

— Je sais, c'est même à ce sujet que je viens vous trouver...

— Allô ! j'écoute...

Il croise ses mains sur son ventre et met ses pieds sur le bureau, à l'américaine.

— Cette lettre est de mon cru, lui dis-je en tapotant la première page du baveux.

Il pousse une gueule qui terrifierait l'administrateur du Grand-Guignol en personne !

— Hein ?

— Oui... j'ai besoin de votre concours pour obtenir un résultat. C'est du goudron, cette affaire, on est obligé d'apporter sa loupiote !

— Pourquoi ne m'avez-vous pas prévenu avant ?

— Parce que vous auriez pu refuser... Et puis, si vous aviez marché dans la combine, jamais votre papier n'aurait eu ce ton naturel, cette conviction...

Il se remet de son émotion.

— Vous êtes un petit malin, San-Antonio.

— Je suis un pauvre cornichon qui ne sait plus à quel saint se vouer, voilà tout !

Il congédie la secrétaire de la main qui lui servait naguère à la faire vibrer.

Bleau se dit du même coup qu'il est de trop forte personnalité.

Laroute rejette en arrière son opulente chevelure noire. Comme à cet instant le téléphone vibre, il décroche, s'assure que ça n'est pas M. Lazareff et conseille à son interlocuteur d'ouvrir en grand le robinet de gaz pour ne plus troubler la paix de ses concitoyens.

Ensuite il engueule la standardiste parce qu'elle devrait savoir qu'il est parti du journal depuis plus d'une heure.

— Nous allons peut-être pouvoir parler, dit-il. Je vous écoute.

Moi, bonne pomme, je lui déballe carrément la vérité. Je lui dis tout : la mission officieuse dont le Vieux vient de me charger, le néant dans lequel nous nous débattons, et l'abcès de fixation que je tente de constituer en alertant l'assassin.

— En somme, dit-il, vous voulez faire croire à celui-ci qu'il existe un témoin. Vous espérez qu'il essaiera de neutraliser cette fictive Marguerite ?

— Y a de ça, oui !

— Et vous voulez que je fasse quoi, au juste ?

— Que vous publiiez un article demain dans lequel vous direz que Marguerite vous demande une somme de cent mille francs pour parler. Elle exige que la moitié des billets constituant cette somme lui soit adressée poste restante, rue de la Trémoille... Sitôt cet acompte reçu, elle vous fixera rendez-vous pour vous faire les révélations en question...

Il hoche la tête.

— Oui, je vois...

Il m'observe un instant, de ses yeux gouailleurs.

— Je me demande pourquoi vous venez me dire ça alors que vous avez monté le coup en douceur...

— J'ai pensé à vous faire téléphoner par une voix de femme, mais j'ai eu peur que, pour une fois, vous ne soyez discret... Vous auriez pu taire ces transactions pour votre public. Or ce qui m'intéresse, c'est précisément qu'elles soient largement divulguées...

— Et vous ne craignez pas que vos collègues n'interviennent ?

— Non : je leur ai dit que c'était une blague. Ils ne remueront pas un cil ! Laroute, vous tenez certainement le sort de l'affaire à la pointe de votre stylo. Si vous m'aidez, vous aurez droit à de la bonne matière première, croyez-moi.

Je le sonde d'un regard inquiet.

— Naturellement, je vais vous aider, San-Antonio. Je pensais seulement que vous possédez un culot phénoménal...

Je me dresse :

— Je sais, ça vient des suites d'une rougeole mal soignée...

— On va écluser un pot ?

Ils ont la pépie, dans la presse.

— Pas maintenant, j'ai quelqu'un qui m'attend dans ma bagnole.

« Alors, je peux compter sur vous ? »

— C'est juré, topez là !

Les cinq doigts qui lui servent à dégrafer le soutien-gorge des dames s'agitent au-dessus du burlingue. Je lui serre la botte et je me trisse. Non sans avoir délicatement subtilisé une enveloppe à en-tête du baveux.

*
* *

La môme Marguerite commence à la trouver saumâtre. Elle est aux prises avec un pandore qui ne réagit pas à ses œillades et suce la mine de son crayon pour noter le numéro de ma guinde.

J'interviens à temps, mes fafs à la main. L'autre, un Méridional taciturne (ce sont les plus mauvais), rengaine sa panoplie d'enquiquineur rétribué sans proférer un mot.

— Vous arrivez à temps, gazouille ma distributrice de boissons fermentées, un peu plus, malgré tous mes efforts...

Et de sous-entendre fortement que ceux-ci ne furent pas négligeables.

— Nous allons chez moi, maintenant ? s'impatiente-t-elle en voyant qu'au lieu de décarrer je sors un stylo de ma fouille.

— Un instant, mignonnette.

Je calligraphie son blaze sur l'enveloppe, en mettant en guise d'adresse Poste Restante, rue de la Trémoille. Puis je glisse dans la pochette de papier une feuille de journal déchirée en seize. Je fous deux timbres et je glisse la missive, sans descendre de l'auto, dans une borne postale.

— Voilà... Où habitez-vous, mon cœur ?

— Rue de Lancry.

— Alors nous sommes dans la bonne direction...

Je continue jusqu'à la République, je tourne autour de la statue de la femme géante, et je vais me poser devant la porte de son immeuble.

— Vous habitez toute seule ? questionné-je innocemment.

— Chez une copine qu'est du même bled que moi. Mais elle est en convalescence chez ses parents...

— O.K...

Ça se trouve naturellement au cinquième. Et les architectes qui ont bâti cet immeuble ne se doutaient pas qu'on inventerait l'ascenseur. L'appartement se compose de deux petites piaules grandes comme des cabines téléphoniques, avec un placard appelé cuisine.

— Installez-vous !

Je ne sais pas ce qu'elle entend par là. A tout hasard, je dépose mon imper sur une chaise et m'assieds sur le divan. La môme, histoire de justifier l'objet de la visite, extirpe d'un meuble un flacon douteux dans lequel subsistent plusieurs centilitres d'un liquide qui l'est bien davantage.

Quand elle verse ce truc-là dans un verre, je me demande, non sans une légitime inquiétude, si elle sert un apéro ou procède à une analyse d'urine. Pourtant je goûte ; téméraire en diable, votre San-Antonio joli ! On ne peut pas dire que ce soit mauvais, mais on ne peut pas prétendre non plus que ce soit bon.

Je repose mon verre. Marguerite me rejoint sur le divan, avec l'air trop poli pour être honnête.

Je commence par quelques mimis mouillés ; elle y répond par quelques « Voulez-vous être sage », suivi bientôt d'un indécis « Ça n'est pas raisonnable », puis d'un ultime « Je ne pensais pas que vous étiez aussi polisson »... Ensuite, motus et bouches cousues l'une à l'autre.

C'est le travail sérieux par une maison de confiance ! Trente-cinq ans d'expérience ; quatre médailles d'or, trois d'argent, trois en bronze — dont une dite militaire.

On commence par « Le chant des balalaïkas » joué en solo sur ses jarretelles ; on continue par « Maintenant que je suis grand » au trombone à coulisse, puis c'est l'apothéose : « Nuit sur le Mont Chauve », orchestre et chœurs sous la baguette de San-Antonio, premier prix de gymnastique à la fête des écoles de La Garenne-Colombes !

Au bout d'une heure, la rouquine ne se rappelle plus exactement si elle est sur terre et moi, triomphant, je descends de mon petit nuage rose avec une soif saharienne. Marguerite chante sa joie sur une musique de *Louigy* d'une voix nasale de subalterne.

Si je n'écoutais que moi, je plaquerais là cette chère enfant, pour voler vers d'autres distractions plus littéraires ; mais je m'abstiens de la décevoir : primo parce que je suis un galant homme ; deuxio parce que je vais avoir besoin d'elle dans un proche avenir.

CHAPITRE V

DE QUOI PERDRE LA TÊTE

Le lendemain, l'article de Laroute paraît, dans le style et l'esprit dont nous sommes convenus. Il y est dit que la mystérieuse Marguerite M... a contacté le rédacteur à qui elle a demandé de poster une partie de la somme désirée au bureau de la Trémoille sous le nom de Marguerite Mathieu. Le papier de notre ami est très adroit, car on devine à travers ses lignes du scepticisme et une fausse grandiloquence de plumitif heureux d'avoir trouvé un os à ronger. Il annonce que son journal ne reculant devant aucun sacrifice, va, à tout hasard, poster le fric demandé bien que la police lui déconseille d'agir ainsi...

Lorsque j'ai ligoté cette tartine de mensonges, je traverse la rue et vais à la brasserie d'en face. C'est l'heure creuse. Il n'y a que Pineau en train de jouer aux dominos avec le crémier du coin... Marguerite fait la plonge... Le patron étudie une feuille fiscale, en buvant, pour se remettre, un verre à demi empli de beaujolais.

J'adresse un clin d'œil complice à Marguerite et je la chope à l'écart, le taulier vient au renaud immédiatement. Il affirme qu'on prend son établissement pour une de ces maisons dont les Français souhaitent la réouverture, et il décide qu'après Marguerite, il n'embauchera plus que du personnel du sexe masculin !

Je le laisse s'égosiller et je demande à ma conquête :

— Tu quittes à quatre heures demain ?

— Non : c'est mon jour de congé !

— Tant mieux, rendez-vous à dix heures du matin chez toi, j'ai un petit travail à te faire faire... Une lettre à retirer poste restante...

Une petite lumière ronde et intense brille dans ses yeux.

— Celle que tu as écrite hier ?

Là elle me cloue. Les femmes sont toutes comme ça. Elles feignent l'indifférence pour ce que vous maquillez, et puis elles vous sortent des précisions au moment où vous ne vous y attendez pas !

— Comment diable... ? attaqué-je.

Elle me montre *France-Soir* sur un guéridon.

— J'ai lu... Et j'ai compris. Tu tends un piège à l'assassin, hein ? Tu espères qu'il ira m'attendre dans le bureau de poste et qu'il m'abordera pour me demander des explications...

Je frappe son petit front de piaf.

— Dis donc, il y en a, là-dedans !

Mais je me sens gêné. J'avais choisi cette môme comme appât précisément parce que je la prenais pour une gourde qui ferait tout ce qu'on lui demanderait sans gamberger, et voilà que...

Je décide de biaiser.

— Tu as peur ?

— Avec toi, je sais que je ne crains rien...

— Tu es un chou. Alors écoute. Demain matin trouve-toi à dix heures au bureau de la Trémoille, compris ?

— Entendu.

— Au guichet poste restante, retire la lettre qui t'est destinée, mais ne l'ouvre pas, hein ? Mets-la dans ton sac avec précaution comme tu ferais de ton porte-monnaie...

— Bon.

— Avant de partir, laisse ta clé sous le paillasson.

— Pourquoi ?

— Un de mes hommes sera chez toi pour te protéger. Il remettra la clé où il l'aura trouvée. Tu reviendras directement chez toi avec le métro, vu ?

— Oui, mon chéri...

— Et tu entreras de façon naturelle.

— Bon. Et après...

Elle me coince par cette courte question.

— Après, mon lapin, j'aviserai !

— Dites voir, San-Antonio, que vous calciez mes serveuses en dehors de leurs heures de turf, ça les regarde. Y en a qu'aiment le poulet ! Mais que vous les empêchiez de turbiner, ça, ça me regarde !

Je le défrime sans aménité.

— Une bouille comme la tienne, taulier, on la met dans un pantalon, c'est plus convenable.

Je me casse sur ces belles paroles ; que voulez-vous, moi, j'ai horreur des types jalminces !

Il y a des jours où les coups de pied au derche volent bas !

***

Bérurier se mouche sur sa manche.

— Est-ce que tu me prends pour un c... ? questionne-t-il.

— Oui, dis-je résolument. Et pourtant, tu sais que je ne fais rien comme tout le monde en général, mais là, vraiment...

Il hausse les épaules.

— Bon, et une fois chez la gonzesse, qu'est-ce que je fais ?

— Tu t'allonges sur le divan, et tu attends les événements. Elle sera obligée de faire brûler du papier d'Arménie ensuite pour chasser ton odeur de clapier mal entretenu, mais on ne fait pas d'omelette sans casser d'œufs.

Il s'en va en claquant fortement la lourde.

Je m'apprête à l'imiter, mais mon téléphone fait entendre sa musique céleste.

C'est Laroute. Il me recommande de ne pas l'oublier dans mes prières. Il tient à l'exclusivité de ce qui pourrait éventuellement se produire.

Je lui jure fidélité sur la lame de mon épée et je fonce rue de la Trémoille.

Il est à peine neuf heures lorsque j'y arrive. J'ai la chance inouïe de dégauchir une place pour ma bagnole. Je me range donc et je me mets à réfléchir sérieusement.

L'assassin a certainement lu le second papier de Laroute. Quelles auront été ses réactions, *thas is the question,* comme disait Shakespeare qui connaissait ses classiques !

Il se peut qu'il ait flairé le piège. En ce cas, il ne bronchera pas.

Il se peut aussi qu'il ne redoute pas trop ce témoignage à retardement et qu'il attende la suite des événements.

Mais il se peut pourtant qu'il soit inquiet, qu'il veuille en avoir le cœur net et qu'il aspire à rencontrer la môme Marguerite pour avoir un petit entretien d'ordre privé avec elle. Dans le dernier cas, un seul lien s'offre pour le guider à elle : ce bureau de poste où il sait qu'elle doit venir. Il doit s'embusquer à proximité du guichet et attendre.

Moi aussi, j'attends. C'est ce qu'il y a de moins marrant dans notre métier.

Comme ma bouille a paru dans tous les journaux, à la suite de l'affaire, je pense qu'il serait de la dernière imprudence pour moi de me montrer. C'est pourquoi j'ai goupillé une petite combine pas mal, en accord avec le receveur du bureau de poste. L'une des cabines téléphoniques est, depuis ce matin, déclarée en dérangement. On a collé une planche sur la vitre avec un trou assez large pour laisser filtrer le regard de Pinaud. Le vieux daim est assis dans la guérite d'où il jouit d'une vue générale du bureau de poste, avec gros plan sur le guichet des lettres restantes.

Moi, je m'engouffre dans le café d'en face et j'ai une conversation avec le patron. C'est un homme charmant, jeune et souriant. Il fronce un peu les sourcils lorsque je lui montre ma carte, mais se rassérène (si je puis dire) lorsque je lui ai expliqué que je vais bloquer sa ligne téléphonique une partie de la matinée.

Il est d'accord pour m'aider dans ma mission et me guide vers l'arrière de la salle où se trouvent un réduit pour les balais et le bigophone.

On accroche la pancarte « en dérangement » sur la porte et je m'installe dans cette espèce de vaste placard avec des cigarettes, une revue illustrée, et une bouteille de muscadet.

Maintenant il ne me reste plus qu'à attendre. Pinuche a relevé le numéro de cet établissement et il doit me sonner à neuf plombes pile !

En effet, à peine suis-je à califourchon sur ma chaise, que le timbre grelotte. Je décroche. Le silence qui suit mon geste est déjà de Pinaud. Je perçois le bruit de sa respiration asthmatique.

— Ben, accouche, vieux crabe, grommelé-je.

— Ah ! c'est toi, dit-il.

— Pas la peine de te retourner la question, fais-je, je t'ai reconnu illico, avant que tu l'ouvres !

— A quoi ?

— A ton haleine chargée d'oignon. T'as encore bouffé des filets de harengs à ton petit déjeuner ?

— Oui, reconnaît le digne homme.

— Bon, quoi de nouveau chez toi ?

Il émet une plainte nasale.

— Ma femme a une crise de rhumatisme articulaire aigu... Je n'ai pas pu dormir...

— Je ne te demande pas ça, eh, détritus ! Je parle du bureau de poste, que s'y passe-t-il ?

— Rien, fait-il. C'est le train-train, quoi !

— Tu ne remarques personne à l'affût près du guichet de la poste restante ?

— Il y a des gens qui font la queue, ils sont nombreux...

— Regarde-les bien ; si l'un reste après son tour, ne le perds pas de vue. Tu me tiens au courant, hein ?

— Entendu.

Je raccroche et je me verse un grand coup de blanc pour chasser mes idées noires.

*
* *

Un quart d'heure plus tard, Pinuche appelle de nouveau. Il me dit que les « queutards » du guichet sont partis. A la seconde où il parle, le bureau de poste n'a pas un client.

— Ils ne doivent pas faire leurs affaires, rassure-t-il. Parle-moi d'un bureau comme celui de la rue d'Anjou par exemple...

« Ah ! stoppe-t-il, voilà un client... Il approche du guichet... »

— Que fait-il ?

— Il donne un paquet à affranchir, parce qu'il faut que je te dise, la préposée de la poste restante fait aussi les colis non recommandés !

— Et maintenant ?

— Il paie...

— Et ensuite ?

— Il s'en va...

— Personne à l'horizon ?

— Une vieille dame poste un mandat, et un jeune homme demande la communication pour Montargis...

— C'est tout ?

— Oui. Dis donc, San-A...

— Quoi ?

— J'étouffe, moi, dans cette cabine ! Figure-toi que ça me fait transpirer, et moi comme un idiot qui ai mis ma grosse flanelle ce matin !

— Avec ce beau temps ?

— Tu sais ce qu'on dit, hein ? En mars et en avril...

Je lui cisaille le dicton à bout portant, et, sollicité par son dernier mot, je me mets à fredonner *Avril au Portugal.*

Nouveau quart d'heure d'attente. La demie vient de sonner à ma montre. Le téléphone, reprendre l'air fortissimo.

— Allô !

— M. Duponchel ! demande une voix de femme.

— Quoi ?

— Ça n'est pas le café Duponchel ?

— Ah ! pardon, si... Que désirez-vous ?

— Parler à M. Duponchel.

— Il est parti acheter des huîtres...

— Où ?

— A Marennes, je suppose.

L'autre rouspète, mais je me hâte de raccrocher. C'est pas le moment de se laisser faucher la ligne par une tordue qui va raconter la vie de son amie Madeleine pendant cent six heures !

Nouvel appel... Cette fois, c'est Pinuche. Il respire difficilement.

— J'ai comme des vertiges, annonce-t-il.

— Moi aussi gars, ensuite ?

— Toujours rien. Personne n'est embusqué ici... Ce sont tous de vrais clients qui s'en vont quand ils ont fait ce qu'ils avaient à faire...

La déception me fripe l'âme comme du vulgaire papier de soie.

— Continue d'ouvrir tes yeux chassieux, Pinuche ! On ne sait jamais...

— A quelle heure doit-elle passer, la petite Marguerite ?

— Autour de dix plombes...

— J'ai jamais attendu une femme avec autant d'impatience...

— Fais pas de l'esprit, t'as déjà la cervelle qui coule ! Oh ! j'y pense... Il n'y a pas d'ouvrier à proximité du guichet ?

— Non, pourquoi ?

— Souvent on ne prête pas attention à des gens dont la présence paraît normale... Ils se confondent avec les lieux, tu comprends ?... Ce sont des caméléons...

Il ricane :

— J'ai d'assez bons yeux pour remarquer ces caméléons-là. San-Antonio, sois tranquille !

On se quitte provisoirement. Je finis de biberonner ma boutanche de blanc.

Dans ce réduit, je me sens comme un poisson dans l'eau d'un verre à dents. L'énervement me file des frissons et j'ai sur le front une sueur froide qui me fait l'effet d'un casque. Non loin de là, un oisif qui vient de la France d'outre-mer malmène un billard électrique pour lui faire cracher le gros lot, à savoir une partie gratuite ! Cet endoffé prend l'appareil pour un punching-ball et le truffe de coups de poing. Les chiffres s'inscrivent au cadran à une vitesse dépassant celle du son. Ça finit par produire un fracas bizarre, qui, je ne sais pourquoi, me fait songer à une colère de robots !

Le muscadet m'écœure à retardement. Il n'était pas assez sec pour le matin. Je me masse le plexus tristement. Et voilà que le bignou carillonne encore. Cette fois c'est le crémier qui demande combien il doit livrer de pots de yaourt pour midi. Je lui dis d'en apporter douze mille et, comme il manifeste une surprise considérable, je lui explique que « nous » avons un banquet de végétariens.

Je le congédie en appuyant sur la fourche de l'appareil. Nouvelle pause pendant laquelle je grille trois gitanes. Le placard où je séjourne est enfumé comme le Palais des Sports un soir de boxe.

Je couve le morceau d'ébonite qui m'apporte périodiquement la voix morne de Pinuche. Bonté du ciel, il ne se produira donc rien ! Tout ce micmac savamment échafaudé ne portera pas de fruits ! J'enrage.

Le gars Laroute va me prendre pour un cave. Cette fois, pas de rémission : je vais sombrer corps et biens dans le ridicule nauséabond.

Sonnerie !

Pinuche se racle le corgnolon.

— J'ai une crampe ! annonce-t-il.

J'attends la suite, en l'espérant plus essentielle.

Il poursuit :

— Toujours rien de particulier à signaler. Il est dix heures passées et...

Il y a un silence.

— Et quoi donc, bipède ?

— Voilà Marguerite...

— Tu es sûr ?

— Ben voyons. Elle porte un tailleur en tweed... Ce qu'elle est mignonne, cette petite ! Tu vois, San-Antonio, j'aurais vingt ans de moins...

— Ça ne changerait rien à la question, eh, fœtus prolongé ! Avec une bouille comme celle que tu trimbales, il faudrait que tu sois rembourré avec des billets de dix sacs pour plaire !

— Ça n'est pas gentil, ce que tu dis là...

— Passe la main ! Que fait-elle ?

— Elle va au guichet poste restante...

— Il y a du monde ?

— La postière ! Une grosse brune avec des moustaches !

— Que fait la petite ?

— Elle présente sa carte d'identité...

— Personne à l'horizon ?

— Absolument personne sauf une factrice qui raconte à la dame du téléphone qu'elle est allée chez son frère à Arpajon, dimanche dernier...

— Que se passe-t-il ?

— La moustachue du guichet regarde dans une boîte...

— Ensuite ?

— Elle prend une lettre qu'elle donne à Marguerite.

— Toujours personne d'autre à proximité ?

— Non !

Cette fois, c'est foutu. Bien sûr, je rêve trop. Un criminel comme celui que nous cherchons ne va pas passer des heures près d'un guichet à surveiller les allées et venues...

Pinaud s'est tu.

— Ben quoi, hurlé-je, raconte !

— Tu me prends pour Georges Briquet ! Que veux-tu que je te dise... Marguerite glisse la lettre dans son sac... Sans l'ouvrir...

— Et elle s'en va ?

— Oui... Ah non, attends !

Mon battant se met brusquement à faire du rabe.

— Quoi ? croassé-je.

— La guichetière la rappelle !

— A cause ?

— Attends, je vois mal... Si : elle vient de lui donner une seconde lettre...

Je suis ahuri. Je m'attendais à n'importe quoi sauf à ça... UNE SECONDE LETTRE !

— Et puis ?

— Marguerite la prend... Elle la regarde... Elle paraît surprise...

— Tu parles... Elle s'en va ?

— Non...

— Alors que fait-elle ?

— Elle s'approche d'un pupitre, près de la vitre. Elle va sûrement lire la lettre en question.

Je vous ai parlé déjà de ces petites sonnettes d'alarme qui, parfois, se mettent à vibrer sous ma coiffe ? Eh bien ! l'une d'elles me défonce le bol, soudain.

— Pinaud !

— J'écoute...

— Précipite-toi sur elle ! Il ne faut pas qu'elle ouvre cette lettre, tu m'entends ? Il ne faut pas !

— Bon, j'y...

Il ne finit pas sa phrase... Je perçois un bruit terrible dans l'écouteur. Un bruit qui m'arrive également en direct dans l'autre oreille par-delà la rue...

Il se fait une seconde d'un silence affreux. Puis des cris retentissent.

Je bondis hors de la cabine, traverse le troquet. Le patron, les loufiats, les clilles sont sur le pas de la porte, matant le bureau de poste d'où les employés sortent, coudes au corps.

Les vitres du local ont fait des petits... Un désordre indescriptible règne dans la strasse !

Je m'élance, fendant les badauds... Je remonte le flot des fuyards, et je pénètre dans la succursale des P.T.T.

Un méchant spectacle s'offre à moi, comme on dit dans les romans couronnés par l'Académie française.

Sur le carreau, il y a le corps de Marguerite affreusement déchiqueté du haut. Pinaud, la moustache tombante, l'œil en virgule, le teint cireux, se tient debout à deux mètres, regardant de tous ses yeux, comme Michel Strogoff avant qu'on lui passe les lampions au fer à friser.

J'avance lentement vers le cadavre.

La pauvre gosse est étalée sur le dos. Il y a un grand trou sanglant au milieu de sa poitrine, et le bas de son visage n'existe plus. Jamais je n'ai vu un mort plus pitoyable. Je réprime une envie de hurler. Ma raison joue au yo-yo.

Je vais m'accouder à un pupitre et, la tête sur mon coude, pousse des grondements bestiaux pour libérer le trop-plein de rage et de chagrin.

Je me raconte des trucs déprimants.

— San-Antonio, tu n'es qu'une vieille pantoufle sans semelle ! Tu es un meurtrier par inconscience ! C'est toi qui a tué cette fille qui ne demandait qu'à vivre... Tu t'en es servi comme appât et le loup l'a eue... Si tu as pour trois ronds de ce qui motive le port de ton pantalon, tu vas te tirer séance tenante une dragée dans le chignon ! T'es plus digne de vivre !

Quelqu'un me touche le bras. Je lève sur ce quelqu'un un visage hébété.

— Faut faire quelque chose, murmure Pinaud.

Il paraît aussi ravagé que moi. Il a déposé

son vieil imper qui pue le wagon à bestiaux mouillé sur le cadavre...

Comme des gens s'enhardissent, maintenant que ça ne « pète plus », il les refoule :

— Police, écartez-vous et ne touchez à rien.

Son autorité me redonne de l'assurance. Oui, Pinuche a raison : « faut faire quelque chose » ! Il reste à mettre la main sur l'enfant de salaud qui a maquillé ce coup-là.

J'avise le receveur. C'est un homme trapu, dégarni de la toiture.

— Fermez les portes ! lui dis-je. Et priez votre personnel de regagner ses places !

Il agit.

Je m'agenouille près du corps. La petite Margot tient dans sa main droite un coin d'enveloppe bleue. Je le recueille délicatement et l'insère dans mon portefeuille.

Puis je fais signe à Pinuche d'approcher.

— Toi qui as tout vu, tu peux me dire comment ça s'est passé ?

Il tire sur sa moustache dont l'une des pointes est plus courte que l'autre d'au moins quatre centimètres.

— Je n'ai pas eu le temps de réaliser. Au moment où tu m'as dit de bondir, ça s'est produit. Elle avait le dos tourné... Il y a eu ce bruit horrible, une espèce de fumée... Et puis elle était comme ça...

— Pas d'autres victimes ?

— La téléphoniste, je crois, a été touchée. Nous recherchons cette dernière et nous la découvrons, en effet, affalée sur une chaise, livide, avec une plaie sans gravité à la tête.

— Préviens l'ambulance !

— D'accord.

Je fais claquer mes mains.

— La préposée à la poste restante ! crié-je.

La grosse moustachue décrite auparavant par Pinuche se présente. Elle pèse deux tonnes et ressemble à une statue de saindoux exécutée par Picasso pour le compte d'un marchand de beurre !

— Je vous préviens, chère madame, l'attaqué-je, que je compte énormément sur votre témoignage pour arrêter l'infâme criminel !

Elle remet en place ses deux gigantesques nichons et m'adresse un pauvre petit sourire frileux.

— C'est affreux, dit-elle.

— Je sais. Vous avez remis une première lettre à cette malheureuse...

— Oui.

— Pas une seconde...

— C'est vrai... J'allais l'oublier parce que l'adresse comportait le nom avant le prénom, ce qui fait que je l'avais classée un peu plus loin...

— Bien. Vous vous êtes aperçue de cette erreur, vous avez rappelé la jeune fille, lui avez donné sa lettre... Comment était ce pli ?

— Très épais...

Elle écarte son pouce de son index d'un bon centimètre...

— Et c'était lourd ?

— Oui, au moins cent grammes...

— Dites-moi, était-ce suffisamment affranchi ?

— Oui.

— Donc vous n'avez pas fait payer de surtaxe à la petite ?

— C'était inutile.

— Avez-vous remarqué le cachet de la poste où fut posté ce paquet-lettre ?

Elle haussa les épaules.

— Non !

— Réfléchissez !

— C'est tout réfléchi, vous savez, s'il fallait qu'on regarde d'où viennent les centaines de lettres qu'on reçoit chaque jour...

Evidemment ! Je prends un peu mes désirs pour la réalité.

— Donc, excepté son poids insolite, vous n'avez rien remarqué de particulier à cette lettre ?

— Non, absolument rien. Elle était bleue... Et c'était du papier glacé très fort.

— Merci...

Je me tourne vers Pinaud.

— Occupe-toi de tout, vieux...

— Où vas-tu ? interroge-t-il.

— Je ne sais pas trop... J'ai besoin de me rafraîchir les idées...

J'ai un dernier regard pour la môme Marguerite... Et je sors.

Le soleil coule sur les façades de Paname. L'air est d'une douceur exquise. Je pense que la petite rouquine ne reniflera jamais plus le printemps de Paris. Une larme me brouille la vue. Je l'écrase comme une punaise, d'un coup de poing vengeur !

Non, il ne faut pas se laisser abattre. Agir ! Voilà le secret ! Agir vite. Ne pas s'affoler... Bien gamberger...

J'entre dans un bar, rue Marbeuf, et je commande un double scotch. Je l'avale et je sens des calories qui me grimpent dans la mansarde. Une petite lueur d'espoir commence à filtrer dans les ténèbres de mon âme (1).

Et savez-vous pourquoi je renais un peu à l'espoir ? Parce que, dans une certaine mesure — non, ne sursautez pas — j'ai obtenu un résultat. Le meurtrier s'est manifesté. L'enquête est sortie enfin de sa totale léthargie, vous comprenez ?

Certes, je n'ai aucune indication positive et nous avons payé le prix fort, mais ma ruse a forcé le criminel à intervenir. Il l'a fait d'une façon que je n'avais pas prévue ; avec un

(1) La littérature, quand ça vous tient !

machiavélisme inouï, mais il nous a prouvé qu'il était là, tapi dans l'ombre, attentif et prêt à intervenir. Il faut retirer ce fumelard de la circulation en vitesse, sinon il y aura encore du grabuge.

— Un autre ! crié-je au barman en veste blanche.

— Double aussi ?

— Naturellement.

Je suis déjà un peu rond et je sais qu'après cet autre scotch je serai tout à fait blindé, mais c'est ce qu'il me faut pour remonter mon handicap.

Je déguste le breuvage, les yeux mi-clos. Ensuite je hèle le loufiat. Il accourt.

— Quinze francs, monsieur !

Je hausse les épaules.

— Avec ça, avant-guerre, on s'achetait une salle à manger Henri III !

Ça le fait marrer.

— Essayez de vous doper avec une salle à manger Henri III, m'sieur, vous m'en direz des nouvelles !

— Très drôle !

Je sors mon larfouillet et je tombe sur le morceau de papier bleu.

C'est un angle de l'enveloppe. En l'examinant de plus près, je découvre une trace de tampon encreur.

Le barman danse sur place en attendant que je lui attribue son artiche. Je me fends de deux fafs pour qu'il évacue et je m'abîme dans la contemplation de cet indice. En mettant la flamme d'une allumette de l'autre côté de la feuille de papier bleu, je finis par découvrir trois lettres. Le tampon était mal encré, ou bien le contenu de l'enveloppe l'a empêché d'oblitérer convenablement le timbre. Pourtant j'arrive à déceler « tie ». Il s'agit de la fin d'un mot. Je vous parie une livre de prunes contre un livre de messe que ce mot concerne le bureau de poste d'émission.

— Barman ! L'annuaire des téléphones, please !

— Dans la cabine, monsieur !

C'est fou ce que les gens sont serviables à notre époque !

Je vais donc feuilleter sur place l'opuscule des Postes, Télégraphes et Téléphones. Je chope la page des bureaux parisiens et commence à la parcourir des yeux et de l'ongle, en ne m'intéressant qu'aux lettres finales. Je tressaille en lisant Boétie. Voilà qui collerait... Je continue, mais ne trouve pas d'autres concordances. Bon, y a pas, il faut regarder de ce côté...

Drôle de turf...

***

En sortant du bar, j'avise une grande papeterie. J'hésite, puis sachant qu'on doit toujours obéir à une inspiration, j'entre demander s'ils ont des enveloppes bleues d'un papier identique à mon échantillon. Je déniche à peu près du kif. Content, j'en achète un paquet.

Le whisky m'a complètement viré et le trottoir danse sous mes nougats le *Beau Danube bleu...* Ma vue double accroît la population parisienne.

Je serre un peu les chailles en souhaitant que ça se tasse. Heureusement, l'air délicat de ce matin de printemps me purifie les soufflets.

Je reviens à la poste. Il y a un drôle de trèpe devant, autour et à proximité, je vous l'annonce... Les journaleux assiègent les locaux. Une ambulance embarque la carcasse de ma petite soubrette défunte.

Je fends la masse et reviens sur les lieux de... notre crime. Laroute est là... Il me décoche un regard plutôt moche.

— Vous avez fait du chouette avec vos combines à la Fantomas, grince-t-il.

— Ça va, c'est pas le moment, Laroute...

— En tout cas, si je crache le morceau, j'ai idée qu'il y aura de la démission en chaîne dans votre service.

Je lui biche une aile.

— Je vous demande jusqu'à demain pour trouver l'assassin. Si je n'y parviens pas, alors tartinez à bloc sur mon dos, ça joue ?

Il me regarde, surpris...

— C'est un petit délai...

— C'est celui que je m'accorde, vous pouvez bien en faire autant, non ?

— O.K.

On se serre la louche et je vais alpaguer à nouveau le tas de saindoux.

— Voilà une enveloppe bleue, lui dis-je. Elle doit approximativement correspondre à l'autre, non ?

— Exactement.

— Bon. Pouvez-vous y introduire un objet ayant la forme de ce que contenait la précédente ?

— Oh oui !...

Elle regarde autour d'elle, grave, tendue (ce qui est une simple image car tendue, cette honorable vache l'est déjà à craquer, au point qu'on se demande comment elle peut encore battre des paupières !).

Je la vois qui s'empare d'un morceau de carton, qui le plie en quatre, le glisse dans l'enveloppe...

— Oui, voilà, murmure-t-elle. C'était ça en plus lourd...

Je glisse mon trousseau de clés entre les lames de carton.

— Comme ça ?

— Parfait...

— Bon, maintenant un autre détail que

j'ai omis de vous demander : l'adresse, elle était libellée comment ?

Elle se voile le regard un instant.

— A la main, fait-elle, avec des caractères majuscules...

Je griffonne sur une feuille le nom et le prénom de la morte en ajoutant, « Poste Restante, rue de la Trémoille, Paris ».

— Voulez-vous me recopier ça sur l'enveloppe, en essayant toujours d'imiter l'autre ?

— Parfaitement...

Elle tire une langue qui pourrait servir à autre chose qu'à coller des timbres et écrit les trois lignes demandées.

Lorsqu'elle a terminé, j'empoche la bafouille.

— Merci.

Pinuche, le bitos enfoncé jusqu'aux yeux, se prend pour La Fayette et cherche à épater la galerie. Il se croit presque sur la dunette d'un destroyer. Je l'entends bramer des directives sur le ton de « poussez les feux » ou « la barre à tribord ».

Je m'efface en souplesse pour rejoindre ma voiture.

CHAPITRE VI

JE N'EN FAIS QU'À MA TÊTE

La matinée est très avancée et il y a foule dans l'immense poste de la rue La Boétie. Le guicheton des lettres restantes est particulièrement assiégé. C'est plein de midinettes qui viennent relever le compteur avec des mines préoccupées. Il y a aussi de la femme adultère et quelques mirontons en délire. Tout ce populo est assoiffé de guimauve. Ces pauvres débris d'humanité ont besoin de leurs serments brûlants bihebdomadaires. Ça les aide à vivre. Ils sentent moins le poids de la solitude lorsqu'ils ont ligoté les vaches trémolos. Quelque part, un autre chat en chaleur leur envoie le bonjour de Popoff ! On pense à eux, ailleurs... Ils sont charriés dans la vie par une autre âme ! Bananes, va !

Comédie éternelle dont tout un chacun a besoin pour croire en lui ! Vous parlez d'un troupeau de gorets pensants ! Ils me font pitié, tous, avec leur fion incandescent... Et je t'achète en loucedé un flacon d'encre rouge, pour signer de mon sang ! Un peu clairet, le raisin, non ? A ne pas envoyer à l'analyse ! Et pourtant, la plupart des hommes n'ont-ils pas en réalité de l'encre rouge dans les veines ?

Je fuis cette queue de minables et je cherche le guichet des « Affranchissements ». Si la préposée pouvait m'affranchir pendant qu'elle y est... Hein ? Vous dites ? Le jeu de mots est mauvais ? Je m'en étais aperçu, merci... Il faut m'excuser, c'est de la déformation extra-professionnelle : c'est moi qui écris les calembours des assiettes à dessert !

La petite des Affranchissements est ravissante. Elle a des yeux découpés dans un morceau de ciel, un minois adorable et une bouche admirablement dessinée par un vicieux qui s'est complu à l'orner d'un bec-de-lièvre.

Je lui tends sans mot dire mon enveloppe. Elle la prend, la soupèse, la dépose sur une balance :

— Lettre ou échantillon ? demande-t-elle.

— Lettre !

Elle consulte son tableau comparatif des poids et prix. Pendant ce temps, je vais vous ouvrir un vasistas sur ma pensée. Je viens ici à cause d'un détail qui vous a sans doute échappé parce que vous êtes un peu constipés des cellules : la lettre explosive était convenablement timbrée. Conclusion, l'expéditeur l'avait fait peser... Vu ? Bon !

— Soixante-quinze francs, annonce la môme.

Elle commence à détacher les timbres mais je la stoppe.

— Attendez...

Elle lève sur moi ses magnifiques yeux célestes, tellement beaux l'un et l'autre qu'ils se surveillent étroitement grâce à l'invention du strabisme convergent.

— Oui ?

Je lui présente ma carte. Elle la prend, la met derrière sa tête et lit : Police !

— Mademoiselle, étiez-vous de service ici hier après-midi ?

— Oui, pourquoi ?

— Regardez bien le pli que vous vous apprêtez à timbrer, ne vous rappelle-t-il pas quelque chose ?

Ma question la déconcerte. Elle m'examine, puis examine la lettre.

— Comment ? balbutie-t-elle, effarouchée.

— Ecoutez, je n'ignore pas que des centaines de lettres ou de paquets vous passent dans les mains chaque jour... Pourtant, il se pourrait que vous gardiez le souvenir de certains dont l'aspect, le poids ou la forme vous ont semblé... anormaux ?

Cette fois elle a pigé. Elle prend mon enveloppe, la tourne dans ses jolies mains fines constellées de verrues à poils, puis lit la suscription et d'un gracieux mouvement de son cou au goitre elliptique, tourne vers moi un visage rayonnant :

— Mais oui, je me rappelle : C'est le nom avant le prénom... Pour une dame, c'est rare qu'on fasse ça...

Je n'en crois pas mes feuilles.

— Vous vous souvenez de la personne qui vous a fait peser la lettre ?

— Oui, très bien, c'est une dame...

Voilà l'autre hirondelle qui se poire comme si elle essayait de se partager en deux !

— Pourquoi riez-vous ?

— J'ose pas vous le dire...

Si je me laissais faire, je lui ferais bouffer son carnet de timbres, plus la balance.

— Ecoutez, mon chou, je suis grand garçon et ma maman m'a tout dit, alors accouchez !

— La personne en question...

— Eh bien ?

Elle veut donc me faire claquer d'énervement, cette lécheuse de papier collant ? Ah ! il y a du suspense, je vous le jure !

— Je la connais.

Ma stupeur est telle que vous auriez le temps de vous faire cuire un œuf à la coque avant que je récupère.

— Vous la connaissez ?

— Oui. Enfin, de vue... Elle fait le trottoir à la Madeleine.

Là-dessus, la jeune beauté rougit tout autour de la tache de vin qui décore sa joue droite.

Je me dis que tout cela est trop beau pour être véridique. Il doit y avoir maldonne, évidemment.

— Vous êtes certaine de ce que vous avancez ?

— Oui. Et je me souviens d'un détail... Mais je ne sais s'il vous intéressera.

— Je vous le dirai après...

— La femme dont je vous parle m'a recommandé de ne pas oblitérer trop fort à cause que ce qu'il y avait dedans était très fragile !

Cette fois, les Mecs, c'est du sérieux garanti d'origine !

— Vous me dites que cette estimable personne arpente le bitume près de la Madeleine ?

— Oui. Rue de Sèze... Je la vois tous les jours à midi parce que je prends mon repas avec mon fiancé dans un bar du quartier...

— Vous pouvez m'appeler le receveur ?

Elle « l'appelle » effectivement. De sa voix radiogénique à l'agréable bégaiement, elle hèle au milieu du brouhaha :

— Monsieur le receveur !

Le hélé s'annonce. Froid, correct.

— Qu'est-ce que c'est ?

Elle me désigne :

— Ce monsieur est de la police ; il veut vous causer.

Je produis ma carte. Faut toujours l'avoir en pogne si on veut épater ses contemporains.

— J'ai besoin de votre employée une demi-heure pour recueillir un témoignage important. Pouvez-vous la faire remplacer pendant ce temps ?

— Certainement, monsieur le commissaire.

— Merci. Mademoiselle, si vous voulez bien passer votre manteau et m'accompagner...

Elle ne se le fait pas dire deux fois. Tout ce qu'elle considère dans l'aventure, c'est qu'elle largue le turbin un moment et épastouille ses copines.

Huit secondes plus tard, elle surgit dans le hall, vêtue d'un joli manteau beige dont les accrocs sont magistralement reprisés.

Elle a des jambes bien faites, abondamment arquées, ce qui atténue sa claudication.

Comme elle passe la porte-tambour, un fichu maladroit laisse partir le vantail sur la bosse de la jeune beauté, je foudroie ce branque d'un regard meurtrier.

***

Nous rôdaillons par la rue de Sèze à bord de ma voiture comme un taxi en maraude. Je prends les boulevards et fais le tour pour retrouver la rue qui, comme toutes celles de Paris, est à sens unique. La petite postière se tire les châsses pour apercevoir la tapineuse que nous cherchons. Je ralentis devant chacune de ces dames, mais ma compagne secoue négativement la tête.

— Elle n'y est pas, dit-elle enfin.

Ça me contriste, et vous avouerez qu'il y a de quoi. Par acquit de conscience, on fait encore trois fois le circus. Et voilà qu'au moment où je vais déhoter pour de bon, la petite pousse un cri.

— C'est elle !

Elle désigne une fille roulée façon déesse, qui sort d'un hôtel emmitouflée dans du renard bleu. Un vieux jeton l'accompagne. Il s'agit certainement d'un mironton de province qu'elle vient d'éponger.

Je passe devant la fille, sans ralentir.

— Vous êtes sûre de vous ? insisté-je.

— Oui, oui ! Je suis prête à le jurer !

Le soupir qui s'échappe de mon placard gonflerait le radeau pneumatique du barbu solitaire.

— Tenez, petite, voilà dix balles... Allez manger un gâteau et prenez un taxi pour rejoindre votre base. Je m'excuse, mais c'est à moi de jouer.

Elle est un peu déçue. Je la débarque devant un G7 et je lui dis qu'on se reverra un jour prochain.

Là-dessus, je m'empresse de revenir draguer rue de Sèze. La pétroleuse fait des petits pas étroits à cause de sa jupe fourreau et de ses talons aiguille. Je la regarde en lui téléphonant le maximum de lubricité dont je suis capable. Elle me répond par un sourire qui me convoite, tête un peu inclinée.

Justement un livreur s'en va avec sa camionnette. Je range mon tréteau et je m'annonce vers la fille.

Elle me regarde radiner, l'air ravi. C'est une chouette poupée brune, baraquée comme un modèle d'exposition.

Je m'arrête à sa hauteur.

— Dites-moi, beauté, vos charmes se montent à combien ?

Elle sourit.

— Pour un beau gosse comme vous, je suis prête à faire des folies... Tiens cinquante francs et c'est la grande séance en scope-couleurs !

— J'ai pas l'habitude d'arroser les frangines de cette façon... Tu me feras sûrement un prix de faveur, hein, ravissante ?

— Viens, on s'arrangera toujours...

Elle s'engouffre dans un hôtel proche. Je lui file le train, pas fiérot du tout.

Je casque la soubrette et je pousse la targette.

La chambre est propre, assez grande, meublée de façon moderne. Je vais fermer la croisée et tirer les rideaux.

— Tu es un petit vicieux, toi, apprécie la pétasse. Tu aimes le noir...

— C'est congénital, mon père était photographe.

— Et t'as de l'esprit, en plus !

— Ah, ça se remarque !

Elle me balance un dernier sourire puis, avec une gentillesse inquiète :

— Alors, ce petit cadeau, mon gros lapin ?

Je tire cinq lacsés de mon crapaud et, pudiquement, je les dépose sur la table. Elle s'en empare et les véhicule jusqu'à son sac à main. Ensuite, elle procède au décarpillage et son strip-tease se déroule à une allure record. Lorsqu'elle est aussi dénudée qu'un platane en janvier, elle fait plusieurs mouvements de danse, histoire de me laisser mater son académie.

— T'es carrossée par Ferrari, c'est pas possible ! m'exclamé-je pour lui faire plaisir. Dis donc, t'as des hémisphères qui me rappellent le dôme des Invalides !

— Et tu peux tâter, c'est du Spontex !

Je m'abstiens. Elle est effectivement bien roulée, mais l'heure n'est pas aux jeux, interdits par sainte Marthe.

La fille s'éloigne direction du cabinet de toilette. Tandis qu'elle manœuvre la robinetterie de l'établissement, je me saisis de ses hardes et je les planque dans le placard. Un tour de clé ! Je glisse celle-ci dans ma poche.

— Qu'est-ce que tu fais ? demande la voix off de la môme.

Assis sur le bord du lit, je murmure :

— Mais je t'attends...

Et c'est rigoureusement exact, les potes : je l'attends...

De pied ferme !

CHAPITRE VII

UNE TÊTE DE MULE

Miss rue de Sèze radine, en costard d'Eve.

— Eh bien, mon chéri, gazouille-t-elle, tu ne te prépares pas ?

— Je suis prêt, affirmé-je. Archiprêt ! Il ne manque pas un bouton de guêtre à la fermeture Eclair de mon pantalon.

Elle se gondole et vient me faire une câlinerie maison.

Je lui chope les poignets, doucement, gentiment, et, les yeux dans les yeux, je lui demande :

— Dis voir, beauté tropicale, qui t'a chargée de poster une certaine enveloppe bleue, hier ?

Ça lui fait comme si un rouleau compresseur venait de l'embrasser sur la bouche. Elle a brusquement comme des traînées sanglantes dans l'œil. Par contre, son visage devient d'un blanc crayeux.

Elle articule péniblement :

— Qu'est-ce que tu racontes ?

Pour la cent dix millième fois je présente ma carte. Ce mot police écrit en vilains caractères noirs lui tord la bouche.

— T'es un poulet ! dit-elle sur un ton qui révèle une bonne partie de l'estime qu'elle porte à ma corporation.

— Tu le vois. Mais là n'est pas la question... Je t'en ai posé une autre à laquelle j'aimerais te voir répondre.

Elle se lève, furibarde soudain.

— Qu'est-ce que c'est que ces giries ! En voilà assez ! J'ai rien à voir avec les bourres, moi : excepté les mœurs... J'ai ma carte, je suis visitée, alors des clous ! Tiens, reprends ton osier, je me casse !

Elle cherche ses fringues et ne les trouve plus. Alors elle s'arrête un peu plus sonnée.

— Mes nippes ! fait-elle.

— Je te les rendrai quand tu m'auras répondu, reine de mon cœur !

— Si tu me les donnes pas tout de suite, je gueule au secours...

— Eh ben ! vas-y, ma douceur... Les poulets viendront et je te ferai emballer jusqu'à mon bureau. Là, je te promets que tu parleras...

« Si je t'ai grimpée ici c'est parce que je suis pressé et que je n'ai pas le temps de jouer « Soir de rafle »...

Elle médite un instant. Puis elle va à la

porte d'une allure décidée et saisit la targette.

Moi je lui saute sur le poiluchard.

— Stop !

Je la tire en arrière par un aileron et je lui mets une double mandale sur le museau, manière de lui rendre des couleurs.

La violence des baffes la fait vaciller et lui emplit les vasistas de larmes.

Poursuivant mon avantage, je la pousse sur le lit. Elle tente de se redresser, alors je la couche d'un crochet au menton. Ses mandibules font un bruit de dominos remués. Elle part à la renverse et ne bronche plus.

Rapidos, j'arrache les embrasses des rideaux et je m'en sers comme liens pour saucissonner miss Volupté. Lorsqu'elle débarque du pays des quetsches, elle ne peut remuer que les doigts de pied, les paupières et des pensées moroses.

Le regard qu'elle me file ferait avorter une tigresse. J'en ai vu d'autres et je ne m'émeus pas.

— Maintenant je t'écoute. Je préfère t'avertir loyalement que si dans trois minutes tu ne m'as pas fourni le renseignement en question, ce qui t'arrivera dépassera les limites de l'imagination...

Au lieu de se rendre à la raison, ne voilà-t-t-il pas que cette masseuse de prostates me traite de vache ? Oui, de vache, moi, San-

Antonio, l'homme qui remplace les époux en voyage et les bridgeurs défaillants.

Je la laisse vider ses scories. Il faut dégonfler les pneus pour leur arracher leur chambre à air. Quand elle s'est bien égosillée, je vais dans le bidet. J'attends que ce récipient équestre soit plein. Je stoppe l'arrivée de la baille et je vais chercher la donzelle récalcitrante.

Vous ai-je dit qu'Hercule, à côté de moi, n'était qu'une mazette sous-alimentée ?

D'un seul mouvement, je la charge sur mes épaules. Malgré ses ruades et ses cris je la coltine dans le cabinet de toilette. Les usagers de l'hôtel, en percevant ce ramdam, doivent penser que je me fais reluire à la cosaque ! Tous doivent bigler par le trou de la serrure afin de découvrir qu'elle est la nana qui appelle sa vioque de cette façon. D'office ils la classent dans la radeuse hors concours ! Ils pensent que c'est pas du surplus amerlock, mais de l'article de qualité fabriqué rue de la Paix ! Du cousu main... quoi !

Ils voudraient s'offrir le joyau à leur prochain passage dans le coinceteau. Faut dire qu'elles sont rares, les arpenteuses de macadam qui se donnent à leur turbin. La conscience professionnelle se perd, de nos jours ! Une fois qu'elles vous ont secoué votre grisbi, finish ! « Grouille-toi, chéri, j'attends mon comptable ! »

Je dépose la brunette sur le carreau. Je soulève sa partie supérieure et je lui plonge la frite dans l'eau du bidet. C'est la première fois que celui-ci voit un visage ! La môme joue les Paul VI en faisant des bulles tant que ça peut. Elle évoque un scaphandrier qui aurait un trou à son casque !

Je lui retire la tête... Elle est haletante, suffocante, rougeoyante, asphyxiée.

— Alors, môme, on se met à table ou on continue ?

Elle essaie de retrouver son souffle, puis, lorsqu'elle a récupéré quelques centimètres cubes d'oxygène, elle bredouille :

— Fumier !

Me dire fumier, à moi, San-Antonio. L'homme qui remplace le beurre des Charentes par du beurre de Normandie !

Elle a droit à de nouvelles ablutions un peu plus prolongées. Lorsque je la sors de sur cette monture qui lui a fait perdre tant de fois la mise, j'ai les jetons parce qu'elle est évanouie !

Vous ne voyez pas qu'elle soit fragile du palpitant et qu'elle se soit fait la valise ? J'aurais bonne mine pour le coup !

Presto je lui fais la respiration artificielle. Elle crache de l'eau et rouvre les camougles.

— Comment te sens-tu, Vénus aquatique ?

Cette fois, je comprends qu'elle fasse camarade. Elle a lutté tant qu'elle a pu, mais maintenant elle va parler.

Comme elle claque des ratiches, je la reporte sur le paddock et jette une couverture sur elle.

— Vas-y, ma belle, raconte.

Elle murmure :

— C'est Jo Padovani qui m'a chargée de poster la lettre.

— Jo le Turc ?

— Oui...

Je me gratte le nez, surpris. Padovani n'est pas né à Istanbul ainsi que le laisserait supposer son surnom, mais à Bastia, comme tous les gars qui se promènent dans Paris avec une machine à gommer les extraits de naissance sous le bras gauche. On l'appelle le Turc parce qu'il est d'une force peu commune. C'est lui qui déchire en quatre un jeu de cinquante-deux brèmes et qui soulève avec les dents un guéridon de bistrot en marbre.

Je ne l'ai jamais rencontré, mais je connais sa bouille et son pedigree par les fichiers de la maison Lapoule ! Ça n'est pas la fleur des pois... Drogue, traite des blanches, holp-up ; il a un *curriculum* qui ressemble à la première page du *Parisien libéré*. Il a été impliqué itou dans des règlements de comptes, mais jamais encore dans ce que nous appelons une vraie affaire criminelle.

Que son nom soit jeté sur le tapis dans le cas présent me déconcerte un brin.

Pendant que je médite, la fille récupère un peu... Elle pousse de gros soupirs pour retrouver son souffle.

Elle est vraiment pitoyable. Sa pauvre gueule fendrait le cœur à un huissier si les huissiers avaient un cœur.

— Autre chose, Bébé rose, tu savais ce que contenait l'enveloppe ?

Elle a des quinquets bourrés d'innocence.

— Moi, non... Jo m'a simplement dit de la manipuler avec soin et d'avertir la postière que c'était fragile !

Ah ! les lâches ! Bien sûr qu'elle ignorait le contenu de l'enveloppe, la môme Trottoir ! Il n'allait pas l'affranchir, son jules ! Il lui fait poster ça parce qu'il avait les chocottes que la machine infernale n'explose au moment du compostage... Tous des trouillards, dans le fond ! Ça crâne parce que ça porte de l'artillerie, mais c'est pas ces mecs-là qui plongeraient pour retirer de la tisane un gars en train de se noyer. Du reste, c'est connu : les barbeaux ne savent pas nager !

Je regarde la belle brune. La douche l'a un peu éteinte.

— Qu'est-ce que ça peut vous foutre ?

— Oh, dis, tu te prends pour la reine of England ?

— Et en admettant ?...

Il se passe quelque chose en elle. Quelque chose qui a été long à venir : la curiosité. Jusque-là, elle n'a pas eu le temps de se poser des questions, tout s'est déroulé trop vite... Elle est allée de surprise en surprise ; de l'inquiétude à la peur... Mais maintenant, elle se demande ce que signifie mon comportement.

— Alors tu n'es pas au courant de ce que maquille ton homme ?

— Il n'est pas bavard...

— Tu as entendu parler de la tête coupée des Halles ?

Elle devient verte comme une laitue.

— C'est du bidon ! balbutie-t-elle.

— Tu parles ! Sais-tu ce qu'il y avait dans l'enveloppe délicate à manier ? Une bombe, ma chérie... Et cet engin vient de tuer une chic petite môme qui n'avait jamais fait de mal à une mouche. Alors m'est avis que ton Padovani va la sentir passer... Où peut-on le trouver, ce gentleman ?

Re-motus. C'est le genre discret, ce lot !

— Tu ne veux pas que je recommence la séance de bidet ! Je sais que t'es douée pour les bulles, mais quand même...

« De toute façon, si tu ne me le disais pas,

je lui filerais la paluche dessus avant la fin de la journée... Alors, hein ? »

Elle baisse la tête.

— J'ai pas l'habitude d'en croquer, dit-elle. C'est mon homme et on ne balance pas son homme ! Ça ne se fait pas, c'est incorrect !

— Parfait...

Je sors de ma poche des ciseaux pliants dont je me sers pour me couper les ongles... Je prends une grosse mèche de tifs à la radeuse et je la tranche net. Je lui colle la mèche sur la poitrine.

— Tu vas ressembler à Zizi Jeanmaire... pour commencer. Ensuite, ce sera à Yul Brunner si tu ne parles pas avant !

Les femmes, c'est recta : elles aiment le niston qui les oblitère, mais elles lui préfèrent encore leur beauté.

La voilà qui gémit comme une écorchée.

— Non ! Non !

— Où habite Jo ?

Elle hésite encore. Je lui tords un paquet de crins pour constituer une belle mèche, je tranche le tout et me colle les cheveux sectionnés sous le nez.

— Une supposition que je m'appelle Tarass Boulba ! fais-je en rigolant.

C'en est trop.

— Vous le trouverez au Bar des Amis, rue Lamarck !

— A partir de quelle heure ouvre-t-il ses bureaux ?

— Vers une heure...

— Tu le rejoins, habituellement ?

— Seulement le soir...

— Bon... J'espère que tu ne me vends pas de boniments à la graisse de cheval mécanique, hein, vierge ardente ? Parce qu'alors, c'est pas seulement tes douilles que je prendrais, mais ton scalp complet... J'ai un pote indien spécialisé dans la question.

Là-dessus, je lui mets un une-deux au menton, ce qui l'endort pour un bout de moment.

Je quitte la turne et je descends à la réception. Il y a un vieux larbin anémique qui s'appuie sur un balai en attendant de mourir.

Il pose sur moi un regard admiratif.

— Vous, alors, dit-il, vous en prenez pour votre argent !

Ça me fait penser que j'ai oublié de récupérer mon bifton.

— Je peux téléphoner ? demandé-je.

— C'est cinquante centimes !

Tandis que je compose le numéro de mon bureau, le larbin me pousse aux confidences.

— Ah ! c'est quelqu'un, cette Marie-Jeanne, fait-il. Je n'entends que des compliments sur elle... Elle est gentille, docile...

— C'est juste, admets-je. Elle est du bois dont on fait les pipes !

A l'autre bout, on décroche. Je reconnais le « allô » bêlant de Pinuche.

— Ah ! c'est toi, dit-il. Tu as du nouveau ?

— Un peu...

Je lui recommande de faire ramasser la môme Marie-Jeanne à l'hôtel par deux gars capables de résister à ses charmes exposés généreusement.

— Qu'on oublie pas son sac à main, recommandé-je, il y a une partie de mes capitaux investis dedans.

— Que doit-on faire de la fille ?

— L'habiller, car elle est nue comme une statue, puis la foutre au secret. Ensuite tu sauteras dans un bahut et tu iras en vitesse récupérer Bérurier qui doit mijoter rue de Lancry. Toujours sans perdre de temps, venez me rejoindre tous les deux au Bar des Amis, rue Lamarck... Faites comme si vous ne me connaissiez pas, vu ?

— Vu !

Je raccroche. L'épongeur de lavabos semble complètement siphonné.

Je le toise.

— Qu'est-ce qui se passe ? demanda-t-il.

— Motus, esclave !

— Mais, monsieur !

— La ferme, te dis-je. Si tu viens au renaud je brise le manche de ton balai, alors n'ayant plus rien qui te soutienne, tu t'écrouleras sur le carrelage comme une vieille bouse de vache !

Je file un coup de saveur à ma montre. Elle dit midi. J'ai le temps d'aller voir le Turc.

CHAPITRE VIII

CASSE-TÊTE

Le Bar des Amis ne se singularise pas des autres établissements de ce genre. C'est le troquet parigot, avec un comptoir, quelques guéridons de marbre et une cage de verre dans laquelle une dame à lunettes vend les produits de la régie française des tabacs, plus des billets de la Loterie et des cartes postales mal coloriées qui célèbrent la tour Eiffel.

Lorsque j'entre en ce lieu saupoudré de sciure de bois, une population électrique prend son apéro sur le rade en discutant des futures dernières taxes. La taxe, c'est ce qui se fait de mieux à notre époque, et c'est ce qui amuse le plus les bonnes gens de chez nous.

On se demande, chaque matin, en faisant sauter la bande de son baveux, ce que le ministre des Finances aura trouvé de nouveau dans ce domaine. Rappelez-vous qu'il a une drôle d'équipe d'astucieux, ce mec-là !

Son triomphe, c'est la taxe ! Ça équivaut à la désintégration en chaîne du bas de laine français.

Je défrime les écluseurs de godets, mais je n'aperçois pas le Turc. Une inquiétude me point ; cet honorable gentilhomme aurait-il emprunté un moyen de locomotion pour aller ailleurs ? Peut-être qu'il vient d'avoir la coqueluche et un changement d'air lui a été prescrit par son toubib.

J'achète la première édition de *France-Soir,* mais l'affaire n'y figure pas encore. Pour passer le temps, je ligote Arabelle en vidant un scotch.

Un quart d'heure se passe, les clients s'évacuent pour aller tortorer l'entrecôte familiale.

Il ne reste bientôt plus que deux petites vendeuses en blouse blanche qui bouffent des sandwiches au fond du troquet. Je commence à me sentir des fourmis dans le grimpant. Pourvu que cet enfoiré de Turc n'ait pas été mis au parfum de mon arrivée imminente...

Ma breloque marque une heure dix... Je commande une seconde tournée et voici qu'arrivent les Laurel et Hardy des services, c'est-à-dire Pinuche et Béru... Deux bons petits diables !

Comme convenu, ils feignent de ne pas me connaître et vont se poser à deux banquettes de là. Ils se font servir des blancs gommés et sollicitent du loufiat une piste de 421.

Macao, l'enfer du jeu ! Ces deux crêpes se mettent à s'engueuler comme deux plaideurs qui viennent de trouver une fine belon, Pinuche affirmant que son dernier coup était « cassé », Bérurier repoussant cette affirmation et parlant de disqualifier son adversaire pour avoir joué une fois de trop.

Le garçon, captivé par l'altercation, s'avance dans un esprit de conciliation. A cet instant, voilà l'homme qu'on n'espérait plus : Jo Padovani, dit le Turc. Pas d'erreur, je reconnais sa physionomie avenante. Quand on le voit, on ne doute plus que l'homme descend du singe. On comprend même que certains en soient descendus plus vite que les autres.

Il est petit, mais d'une largeur terrifiante. Ses muscles énormes tendent le costard lie-de-vin que son tailleur est parvenu à lui confectionner. Sa tête est très exactement carrée. Il a les cheveux coupés court, d'énormes sourcils broussailleux, un nez constellé de cicatrices, une bouche tordue et d'étranges yeux clairs et froids !

Il va au zinc et réclame un grand rouge.

Il l'écluse à une vitesse supersonique. Je n'hésite pas davantage. M'avançant vers lui, je m'exclame :

— Mais c'est ce vieux Padovani ! Comment ça boume, Turc ?

Il fait volte-face et me considère froidement.

— Je ne vous connais pas ! déclare-t-il.

Il est sûr de soi. Ce gnard a une mémoire infaillible et quand il décide de ne pas connaître quelqu'un, c'est pas la peine de lui débiter des berlues.

— On va faire connaissance, dis-je, qu'à cela ne tienne !

Je brandis les poucettes et cherche à les lui passer. C'est un exercice que j'exécute ordinairement en quatre secondes. Mais j'enregistre un échec... saignant ! Le Turc a fait un pas en arrière et m'a jeté son genou dans les bas morcifs. Ce type-là ne fait rien à la légère. Ses moindres mouvements prennent un relief extraordinaire. Je sens ma rate qui se fait la paire et je tombe à genoux, le premier étage meurtri par une douleur effarante.

Mes joueurs de 421 ne font qu'un bond jusqu'à Padovani. Pinuche arrive le premier, juste à temps pour déguster un crochet à la mâchoire qui l'envoie à l'autre bout du troquet, dans le box de la dame aux cigarettes... C'est à Béru de jouer. Il balance un coup de boule dans le placard au Turc ; hélas ! ça ne fait pas plus d'effet à celui-ci qu'un coup d'éventail. Le Béru s'arrête, étourdi par sa propre charge. Le Turc, qui, je vous le promets, mérite admirablement son sobriquet, lui colle un jeton pour grandes lignes... Le Gros bloque l'atout sur le pif, ce qui le fait saigner comme un goret.

Sans perdre de temps, Padovani lui sert un uppercut dans les gencives et la bouche au gars Béru se met à ressembler à un steak tartare. C'est le gros rodéo ! Ça brame tant que ça peut dans la strasse. Les petites pucelles du fond poussent des cris d'orfraie. Le loufiat est tout pâlichon ; par mesure de sécurité il se démerde de passer son bac, manière de laisser un obstacle entre lui et l'entrepreneur de démolitions.

La buraliste crie des « Allons ! messieurs ! messieurs ! » mais s'abstient d'appeler police-secours, because elle connaît le client et elle n'ignore pas que si elle lui jouait un tour de vache, les représailles seraient saumâtres.

Je tire mon feu.

— Haut les pattes ! beuglé-je à m'en faire péter les soufflets.

Vous croyez qu'un P-38 impressionne le Turc ? Des clous ! Il me saute sur le poiluchard et d'une manchette précise me fait sauter l'aspirateur des doigts... Cette carne nous possède dans les grandes largeurs. Ah, je me sens pas fier ! Le Béru, qui est un coriace, remet le couvert. Il réussit à filer un crochet remontant dans la boîte à ragoût du gorille. Padovani accuse très légèrement le coup.

Il chope une étiquette à Béru, tire dessus, et le bout de l'oreille se déchire... Béru gueule aux petits pois. Comme je m'avance, j'ai droit à un nouveau coup de latte dans les molte-boks ! Pas moyen d'arrimer cet enfant de garce ! J'aurais dû mobiliser la caserne Champerret et demander au ministre de la Défense de rappeler des effectifs ! C'est pas un homme, c'est un bulldozer en délire... Il frappe, il rue, il massacre. D'une seule main il cogne le bocal du Gros contre le rade. De l'autre paluche, il cicogne mon bras droit.

C'est l'hallali ! Il va nous échapper... Non ! Un mec sublime intervient. Appelons-le Pinaud et n'en parlons plus. Le vieux renard, comprenant qu'on n'aurait jamais le Turc par la force, s'arrange pour l'avoir à la ruse. Pendant l'échauffourée il a contourné le comptoir, chopé un siphon et je le vois qui l'assure bien dans sa dextre levée.

Je pousse de toutes mes forces Padovani contre le comptoir afin de le rendre plus accessible. Le Pinaud des Charentes abat sa bouteille d'eau gazeuse. Il a mis tout le pacson, faites-lui confiance. Ses dernières forces vives sont entrées en action. Il y a le gros boum ! De la bouteille qui éclate... Padovani s'immobilise...

Il glisse lentement entre nos bras et se répand sur le carrelage. Une plaie béante couronne son crâne... Pinaud jette le goulot du siphon dans le bac à plonge.

Il rajuste sa cravate graisseuse et, de sa voix paisible, me dit :

— Je me rappelle, en 28, je me trouvais à Toulon pour l'affaire Ragondin...

Personne ne l'écoute et il continue de palabrer devant des verres vides.

Bérurier, accoudé à la caisse vitrée, retire son râtelier pour vérifier les dégâts... Il plume ses ratiches bidon de sur les gencives Michelin... Les canines surtout disent un bonsoir général. Elles s'échappent de son damier comme les grains de riz d'un sac crevé.

Le Gros fulmine à travers ses babines tuméfiées.

— Un appareil qu'on m'avait fait sur mesure ! larmoie-t-il, comme si les édentés avaient pour habitude de se pourvoir à Prisunic...

— T'inquiète pas, lui dis-je, ce sera considéré comme un acident du travail... Tu seras remboursé, Gros, espère un peu... Pour le moment remise tes chailles et aide-moi à porter monsieur dans la voiture...

— Où ce qu'on l'emmène ?

— Au bureau...

Quand il parle, maintenant, Béru, on

dirait qu'il marche dans de la gadoue avec des bottes qui prennent l'eau. Le sang continue de pisser de son groin écrasé et de son étagère à mégots décollée... Il éponge le plus gros avec la pattemouille du loufiat.

Personne ne moufte plus dans l'estanco. C'est pas la première fois qu'on joue du Constantine dans le quartier.

Tout de même, une paire d'agents se pointent, mandés par l'une des petites souris qui a réussi à s'esbigner.

Ces deux messieurs décrochent aussi sec leur bâton de zan. Ma parole, ils continueraient les massages si je n'intervenais pas avec mes fafs. Leur attitude change et ce sont eux qui coltinent le bœuf dans ma charrette. Par mesure de sécurité, on lui passe les cabriolets grand sport et Pinuche s'assied à côté de lui. Béru et moi on se met devant.

Voilà le convoi parti !

L'arrivée à la Poultock's House est marquée par l'éveil du Turc. Il paraît aussi joyce que le gars qui vient d'allumer sa cigarette avec le billet gagnant de la Loterie. Il voudrait commencer tout de suite le match revanche, heureusement les menottes l'entravent de très près. L'ami Béru qui a retrouvé une grande partie de ses moyens lui fait une bonne infusion de semelle à clous pour le calmer.

Nous véhiculons le Turc jusqu'à mon

bureau dont Pinaud referme la porte avec gourmandise.

Bérurier pose son chapeau à la place qui lui convient le mieux, c'est-à-dire par terre, puis il en fait autant de sa veste. Il est d'un calme comme on n'en voit plus, même dans l'Olympe et aux Jeux olympiques !

Moi qui le connais, je peux vous assurer qu'un dénommé Padovani Joseph va comprendre sa douleur. Le Gros roule ses manches élimées. Puis il descend un peu la tirette de ses bretelles pour se donner plus d'aisance. Enfin, il dénoue sa cravate, la rentre dans son pantalon et va à son placard écluser un gorgeon de beaujolais.

Pendant ces préparatifs, Pinaud s'assied derrière un bureau après avoir poussé le gorille dans un fauteuil canné.

Pour ma part, je suis frémissant comme la pouliche qui va courir le trot attelé dans la grande nocturne de Vincennes.

Bérurier revient.

— Par quoi on commence ? s'informe-t-il d'un ton détaché.

Je m'assieds sur le bureau, face au Turc.

— Je suppose que ce salaud ne va pas parler tout de suite. M'est avis que tu devrais lui offrir les hors-d'œuvre pour l'inciter à se mettre à table !

Padovani a un rire insultant.

— Sans blague, vous me prenez pour une gonzesse, bande de...

Il énumère longuement les qualificatifs dont il nous juge dignes. Nous l'écoutons comme s'il nous donnait la recette du poulet chasseur ou du saucisson en brioche. Lorsqu'il en a terminé, après avoir vidé son imagination, Béru s'approche de lui. Padovani, malgré son entrave, se ramasse et fonce sur le Gros. Béru dérouille un coup d'épaule en pleine devanture et part ramasser des épingles de l'autre côté du bureau.

Je bondis sur le Turc et lui place un ramponneau dans le télésiège. Ça lui fait mal. Je le renverse alors dans son fauteuil et très adroitement, je l'y attache au moyen d'une sangle qui ne quitte jamais mon tiroir du bas.

Béru est d'un rouge apoplexie annonciateur de la grosse explosion.

Il revient au suif, l'œil globuleux... Son étiquette à demi arrachée fausse sa physionomie. Il ressemble à un lapin gras.

Il examine Padovani avec attention. Le king-kong lui molarde en pleine poire. Patient, le Gros efface la souillure. Soudain son visage s'illumine comme une messe de minuit. Il va fouiller dans son placard et y prend un pot de rillettes entamé. Il saisit le pâté à pleines mains et d'un geste terrible l'aplatit sur la figure du Corsico. M. Casse-

Tout prend des vapeurs ! Il est humilié jusque dans les recoins de son être... Bérurier toujours à la marade, étale les rillettes sur les joues de son tourmenteur... Il lui en farcit le nez, lui en obstrue les trompes d'Eustache, lui en colle dans les yeux...

— Tiens, mon petit, marmonne-t-il. Tu te dépenses trop : faut t'alimenter. Pinaud, va chercher la glace cassée accrochée à la porte du lavabo.

Il vient la présenter à Padovani comme un bon coiffeur après une taille de crins consciencieuse...

— Il est chouette, le caïd, rigolé-je. Le bricolez plus, on va lui tirer le portrait.

Je sonne l'assistant du labo.

— Prends ton flash et arrive, lui dis-je. C'est pour un portrait de famille.

J'ai eu une fameuse idée en agissant ainsi. Ces crânes de pierre sont plus vulnérables sur le plan psychologique que sur le plan physique. Le gorille se met à pousser une sale bouille.

— C'est malin ! rouscaille-t-il.

On ne le touche plus avant l'arrivée du photographe. Bertrand, le rouquin, a appris à ne s'étonner de rien. Ce costaud barbouillé de rillettes est pour lui un sujet qui en vaut un autre. Il règle son appareil et fait plusieurs flashes de M. Brise-Baraque.

— Tirage rapide, fais-je. C'est pour la

dernière édition de *France-Soir*... Il me faut les épreuves dans quelques minutes !

— On va vous soigner ça, monsieur le commissaire.

Je joue avec ma lime à ongles.

— Mon gros Padovani, lui dis-je, j'ai dans l'idée que le mitan va se gondoler pour pas cher lorsqu'il va voir ta poire dans le journal. Heureusement que tu vas passer pour meurtre sur la bascule à Charlot, sans quoi tu serais obligé de t'expatrier...

Il hausse les épaules, indécis. D'un ton qu'il veut incrédule, mais où perce une inquiétude, il murmure :

— Comme si les canards allaient s'amuser à passer cette c...rie !

J'éclate de rire.

— Sans blague, tu n'as jamais vu leurs clichés de première page ? C'est une surenchère à l'image cocasse : le Prince Rainier dans « On purge Bébé » ; et Brigitte Bardot en train de se faire enlever les cors aux pieds sur un manège de chevaux de bois !

Je n'appuie pas davantage.

— Je te montrerai le journal. En attendant, tu pourrais me parler un peu de la tête coupée et de l'enveloppe explosive.

Ça aussi, ça le secoue.

Il fronce les sourcils et des miettes dégringolent autour de lui.

— Quoi ?

Il a l'air aussi innocent qu'un môme venant de bouffer cinq kilos de confitures.

J'allume une cigarette. Pinaud veut profiter de ma flamme et approche son mégot creux. Je flanque le feu à sa moustache.

— Débarbouille ce ballot, lui dis-je, il me donne mal au cœur !

— Je m'en charge, fait Béru.

Il va chercher un seau d'eau et le renverse sur la tête du Turc. Ensuite, armé d'un journal froissé, il lui enlève le masque de saindoux.

— Padovani, attaqué-je, lorsqu'il a repris — j'allais écrire : figure humaine — sa tête de tous les jours. Padovani, nous savons que tu as déposé cette tête d'homme dans le panier du tripier... Une fille appelée Marguerite Mathieu t'a vu... Elle est venue témoigner et, d'après le signalement qu'elle a fait de toi, nous avons compris que tu étais le mystérieux dépeceur... Seulement, nous n'avions pas de preuve... Nous avons alors essayé de te coincer en te tendant un piège. Tu es tombé dans le panneau... Pas de la façon que j'avais prévue, hélas ! pour la petite Marguerite que ta bombe à la noix a mise en miettes ! Mais tu t'es trahi avec cet envoi...

Il coupe :

— Marre ! Marre ! Vos salades c'est des attrape-nigauds, je suis pas preneur ! Vous êtes là à inventer des trucs tirés par les cheveux... Non mais... Je veux un avocat, moi ! Et tout de suite.

— En v'là un, dit Bérurier, en lui fendant une arcade sourcilière... Il est nommé d'office, mais c'est un bon.

Je vais dans le bureau voisin et j'appelle le service qui a arrêté la môme du Turc.

— Montez la tapineuse dans mon bureau, immédiatement.

— Bien, monsieur le commissaire.

A l'entrée de sa gagneuse, le Corsico pince les lèvres. Il ne s'attendait pas à ça. La fille n'en mène pas large. Elle évite soigneusement le regard du chambardeur. Elle pense à ce qui se passera si un jour ils se retrouvent face à face. Pour le coup il y aura de la bidoche en solde rue de Sèze !

Je vais à la fille.

— Vous reconnaissez avoir posté, à la demande de cet homme, une enveloppe bleue assez lourde, au bureau de poste rue La Boétie ? je lui demande avec un rien de solennité.

— Oui, chuchote-t-elle.

Je fais signe aux deux matuches qui la convoient.

Un profond silence succède à leur départ. Je regarde Padovani, il me regarde, assez désenchanté malgré ses airs supérieurs. Bertrand revient, tenant au bout de pinces métalliques deux épreuves ruisselantes.

Il les dépose sur mon buvard et attend mes réactions. Je zieute et un monumental fou rire me tortille la membrane.

— Pado ! il faut absolument que tu regardes ça...

Je pousse le buvard vers lui. Il hésite, puis, poussé par la curiosité, regarde. Son visage devient blême.

— C'est malin, rouscaille-t-il.

Je donne les épreuves au type du labo.

— O.K., tire-m'en un lot, c'est pour offrir !

Bertrand s'éclipse. Je décroche le bigophone et compose le fil de Laroute. La standardiste du journal gazouille « Allô ! ».

— *France-Soir ?* fais-je. Donnez-moi Laroute ! Pour le commissaire San-Antonio.

Un laps de temps très bref et je reconnais la voix de mon plumitif. Il doit encore masser les rondeurs d'une poulette car ça glousse près de lui.

— Ça marche, votre collection de boutons de jarretelles ? je demande.

Il éclate de rire :

— Du tonnerre, San-Antonio... J'étais sur une pièce rare quand vous avez sonné. Et votre enquête, elle marche aussi ?

— A petits pas. Venez faire un tour, j'aurai une nouvelle pour vous, et surtout une photo qui vaut la première page...

— J'arrive.

Satisfait, je raccroche.

— Voilà, dis-je au caïd, la situation se présente ainsi : ou bien tu parles, et je ne donne pas ce portrait de toi au journaliste... Ou bien tu la boucles et ce sera la fin de ton standing... Choisis...

Il hausse les épaules.

— C'est bon, je vais tout vous dire...

J'ai un soupir d'aise.

— J'ouïs !

Il grommelle :

— Enlevez-moi au moins cette vacherie de sangle, ça m'étouffe...

— Tu seras sage ?

— Avec ça aux poignets, je peux pas casser la cabane. Vous avez la trouille ?

Dans la vie, il faut savoir prendre des risques.

— La trouille ! Tu as de ces mots, Turc...

Je le désigne à Béru.

— Détache-le...

— D'accord, fait le Gros, seulement je le préviens : s'il remue un doigt, je lui démonte la ganache à coups de marteau !

L'autre sourit. Béru passe derrière le fauteuil et fait coulisser la boucle de fermeture.

— Ouf, soupire Padovani, ça fait du bien...

Il se dresse un peu, exécute quelques brefs mouvements d'assouplissement, puis il me sourit.

— J'ai jamais vu un poulet aussi c... ! affirme-t-il.

Là-dessus, il bouscule Pinaud d'un croc-en-jambe et fonce vers la fenêtre ouverte.

Bérurier libère un juron. Mais nous n'avons pas eu le temps d'intervenir. Le Turc a plongé magnifiquement bille en tête.

Il ne reste plus que le rectangle de la fenêtre ouverte sur l'azur d'un ciel lavé.

Mentalement je compte : un... deux... trois... qu...

Un bruit. Le bruit ! Celui que font sur le bitume d'une cour cent kilos de viande tombant d'un troisième étage.

DEUXIÈME PARTIE

SOUS LE SIGNE DU LION

CHAPITRE IX

LA TÊTE FROIDE

Nous attendons au moins une minute avant de nous précipiter à la fenêtre.

En bas, près d'une bagnole radio, le corps du Turc gît, écrabouillé. Les chauffeurs de la cabane accourent. L'un d'eux lève la tête pour voir de quelle hauteur le bonhomme a joué à la torpille humaine.

— C'est vous qui l'avez balancé ? nous crie-t-il.

— Moralement, oui, grommelé-je.

Bérurier abaisse lentement ses manches de liquette.

— Parlez-moi d'une tante ! fulmine-t-il. Nous mouler en pleine conversation, comme ça, c'est d'un sans-gêne...

— Oui, souligne Pinuche en grattant du bout de l'ongle le coin de ses yeux chassieux. Je crois que nous nous y sommes mal pris...

— On aurait dû essayer de lui faire une piqûre de pain complet, fait le Gros.

— De pain complet ? m'étonné-je.

— Tu sais, pour faire jaser les pas-causants...

— Bougre d'inculte ! C'est de penthotal !

Il ramasse sa veste, l'enfile et hausse les épaules ce faisant.

— Faut toujours que tu joues sur les mots, San-A. T'es un puriste dans ton genre.

Pour le quart d'heure, le puriste les a moites ! A la queue leu leu, comme trois canards gagnant la mare, nous descendons visionner le cadavre.

Il n'est pas laubé, le Padovani. Il ressemble plus à la galette des rois qu'à un Turc de foire ! Sa frime a littéralement explosé et il est tout désarticulé. On pourrait le ramasser avec du papier buvard.

Pinuche, toujours consciencieux, s'agenouille près de lui et le fouille. Il extirpe des poches du mort : un portefeuille, un stylo en or, des cigarettes turques (coquetterie de ce gros lard) un briquet à gaz, un chronographe en or et un mouchoir de soie. Détail important, une énorme chevalière de platine, enrichie d'un diamant gros comme un haricot, est nouée à un coin du mouchoir.

Je m'en empare et l'essaie au mort, mais elle est beaucoup trop étroite pour ses doigts d'assommeur. M'est avis qu'il avait chouravé ça dans un fric-frac et qu'il attendait un peu avant de le brader...

Je m'empare du portefeuille et je retourne à mon burlingue.

*
* *

Bien installé, un coup de whisky à portée de la main, je fais l'inventaire de la pochette en croco. Elle contient mille dollars en coupures de cent, un permis de conduire au nom de Padovani, cinq cent quarante francs français, une photo de la môme Marie-Jeanne la représentant en maillot de bain sur une plage, et un billet de la Loterie dont le tirage est imminent.

Au total, rien de tout cela ne peut me fournir une indication. D'énervement, je fais craquer mes jointures.

J'ai avancé en ce sens que j'ai appréhendé le coupable, mais je ne sais rien de sa première victime, non plus que des raisons de son meurtre.

Laroute frappe à ma porte.

— Salut, commissaire, dit-il. Quoi de neuf ?

J'enrage.

— C'est pas le moment, Vieux, excusez-moi...

Les journalistes sont plus difficiles à chasser que l'eczéma chronique.

— Vous m'avez fait venir au sujet d'une photo intéressante ?

— Allez la prendre dans la cour de l'immeuble...

— Que se passe-t-il ?

— On vous expliquera. Pardonnez-moi, mais je n'ai plus une seconde à... à vous accorder !

Furax, il referme la lourde et s'éloigne.

Je décroche le bignou.

— Amenez-moi la fille !

La mort du caïd me déconcerte. Il est assez rare qu'un truand se suicide. Je veux bien que c'était scié pour lui, il allait passer au tourniquet et il savait que c'était inévitable, pourtant je n'arrive pas à piger les causes profondes de son valdingue. A-t-il eu peur du ridicule avec mon histoire de photo marrante ? Ou bien a-t-il été ulcéré pour la trahison de sa bonne femme ?

Pour la seconde fois on introduit la Marie-Jeanne dans la pièce.

Constatant que son homme n'est plus là, elle se requinque un brin. Je fais signe à ses convoyeurs de hisser le grand foc et je vais me planter devant elle.

— Ecoute, fillette, je n'ai plus le temps de jouer au petit pompier. Voilà où nous en sommes : ton jules n'a pas voulu parler et nie tout en bloc. Comme je n'ai pas de preuves formelles contre lui et qu'il est malin, je vais devoir vous relâcher. Après ce qui s'est passé, je te parie la culotte d'un zouave contre la main de ma sœur qu'il te fera la peau. Tu le connais, le Turc. C'est un nerveux ! La trempe qu'on lui a administrée n'a pas endormi sa rancœur.

Je lui tiens le bon langage. Elle blêmit et ses yeux s'agrandissent sous l'effet de l'épouvante.

— Pour garer tes os, il ne te reste plus qu'une chose à faire, môme : t'allonger à fond. Ainsi, on coincera le Turc et ce sera tant mieux pour ta santé, qu'en penses-tu ?

Elle est d'accord à mille pour cent.

— Oui, oui, bégaie-t-elle. Seulement, je ne sais rien... Il m'a donné l'enveloppe hier en me disant de la poster, et c'est tout !

Elle ne se gaffe même pas, l'étourdie, qu'en fait de charge c'est déjà pas mal !

— Laissons de côté l'histoire de l'enveloppe. Ce qui m'intéresse c'est l'autre affaire. Tu ne peux rien me dire là-dessus ?

— Non. Y a pas plus secret que mon homme. C'est un tombeau.

Là, elle emploie le mot juste. En effet, le Turc, maintenant, c'est un tombeau, que dis-je : un mausolée !

Je gamberge un peu pour m'aérer les méninges.

— Bon, alors attends, on va procéder autrement.

Je saisis une feuille de papelard, un crayon.

— Où piogez-vous, tous les deux ?

— Hôtel de la Côte D'argent, rue de Milan !

— Chambre numéro ?

— Quatorze...

— Qui fréquente-t-il ?

Elle hausse les épaules.

— Pff... des gars par là-bas à Montmartre...

— Je veux des noms !

Elle réfléchit :

— Bob l'Espiègle... Le Grenoblois... Magnin Beau-Sourire... Je sais pas leurs vrais noms...

— Je m'arrangerai avec ça... Dis-moi, ces temps, le Turc ne t'a pas fait l'effet d'être dans une combine délicate ?

— Oh ! lui, c'est toujours rideau... Pour savoir ce qu'il pense, faut se lever de bonne heure !

— Il ne boulonnait pas la nuit ?

— Si, des fois. Mais sans me dire où ni à quoi !

Décidément, le Turc était un personnage hermétique. Pas le genre de lavedu qui se confie aux bergères. Il savait bien qu'en matière de confidences, les frangines sont des vraies passoires !

Vous leur bonnissez des secrets, et, avant que vous ayez fini de tartiner, elles dressent mentalement la liste des tordus à qui elles vont aller raconter l'historiette.

— C'est tout ce que tu sais ?

— Oui, je le jure !

La voilà qui étend solennellement la main.

— Qu'est-ce que tu fais, rigolé-je, il ne pleut pas !

Vexée, elle laisse tomber sa dextre.

— C'est au bar des Amis qu'il retrouvait ses copains ?

— Oui.

Aïe ! C'est ce que je redoutais. A l'heure présente, Messieurs les Hommes sont au courant du circus. Ç'a dû être le gros émoi dans la volière. Sauve qui peut ! Les hommes et les méchants d'abord ! Ils se sont fait habiller en courant d'air, dans les tons neutres ! Ils ont dit adieu à leurs gagneuses... après une dernière caresse au dôme des seins valides.

Même si je récupérais ces amis du Turc, rien ne m'indique qu'ils aient été ses complices.

Il me vient une idée. Une gentille...

Je cours à la croisée et je me penche dans la cour. En bas, Laroute se régale à tirer le portrait du mort. Je l'interpelle :

— Ne partez pas sans m'avoir vu, Laroute, c'est capital.

Ensuite, je sonne les gardes du corps de la Marie-Jeanne.

Lorsqu'ils sont là, je m'adresse au groupe.

— Ecoutez bien, les enfants : il est deux heures de l'après-midi. Vous allez garder cette fille jusqu'à huit heures. Ensuite vous l'amènerez en bagnole rue de Milan et vous la larguerez à cinquante mètres de l'hôtel de la Côte d'Argent, compris ?

— Compris, patron.

— Gi.

Je m'adresse à l'escaladeuse de gentlemen.

— Toi, tu rentreras dans l'hôtel, comme tu le fais ordinairement, et tu monteras tout droit dans ta chambre, d'accord ?

Elle esquisse un signe d'acquiescement.

— Tu ne parleras à personne, sauf bonjour, bonsoir au taulier ou à la femme de chambre. Pas un mot de ce qui t'est arrivé, compris ? Fais gaffe, dans ton auberge les murs auront des oreilles... Si tu ne fais pas exactement ce que je te dis, comme je te le dis, tant pis pour ta peau...

Elle confirme son acceptation totale.

— Et une fois dans la chambre ? demande-t-elle.

Je souris.

— T'auras pas à te biler, la suite du programme, je ne la connais pas encore, c'est comme qui dirait un réveillon-surprise...

Je chope les deux matuches à l'écart.

— Padovani vient de se tuer en se balançant par la fenêtre, leur dis-je à voix basse.

— On le sait, affirment-ils.

Leur discrétion m'est agréable.

— Bravo ! les gars. Pas un mot à la pétroleuse... Elle ne doit pas savoir ce qui s'est passé, sans quoi mon plan échoue !

— Vous tourmentez pas, patron... On va lui tenir compagnie jusqu'à l'heure que vous nous avez indiquée...

— Faites-la bouffer, ça lui fera passer le temps...

A cet instant, Laroute fait une entrée fracassante dans mon bureau.

— Dites donc ! tonitrue-t-il. Pour du nouveau, c'est du nouveau !

Je lui bondis sur le poil, un doigt apposé perpendiculairement à ma bouche.

Il arrête de jacter. Puis il regarde Marie-Jeanne.

— Qui est cette personne ?

— Je vous le dirai peut-être un jour, fais-je en m'efforçant de prendre un ton enjoué.

Les deux sbires empaquettent la souris. Nous nous retrouvons seuls, Laroute et moi.

Je m'essuie le front d'un revers de coude.

— On peut dire que vous m'avez foutu des vapeurs, lui dis-je. Si vous aviez appris la mort du caïd à cette fille, mon plan allait s'écrouler.

Je le pousse vers une chaise.

— Posez-le là, Laroute, j'ai un nouveau sursis à vous demander...

Il fronce les sourcils.

— Ah oui !

La voix est mauvaise.

— Ne parlez pas de la mort de Padovani avant demain.

Il se lève, marche à mon bureau, pose ses deux poings sur mon sous-main et prend appui dessus pour s'incliner jusqu'à mon visage.

— Des clous, commissaire !

— Pardon ?

— Je dis : des clous. J'en ai assez de vos salades... De vos sursis, de vos brillantes manigances... Mon métier, c'est d'informer le public avant mes collègues. Voilà deux jours que vous m'empêchez de sortir un papier de première page, c'est fini... Je regrette mais je ferai mon boulot.

Il est franchement déterminé.

— Un instant, lui dis-je.

— Non, je n'en ai plus un à perdre...

— Si. Laroute, si vous annoncez la mort du caïd, tout est foutu... Si au contraire, vous m'aidez, je suis certain d'aller au bout de cette ténébreuse affaire.

Je prends la photo représentant Padovani avec son pâté de foie sur le museau.

— On va faire un marché. Que pensez-vous de ce cliché ?

Il éclate de rire.

— Marrant !

— Eh bien ! il est à vous en exclusivité totale. Vous allez écrire que nous étions sur une piste. Nous avons arrêté un certain Jo Padovani dit le Turc... Il y a eu bagarre... Ce cliché a été tiré alors que Pado venait de prendre ce projectile dans la poire... Rien n'amusera davantage vos lecteurs. Vous direz que le Corse a été interrogé, mais qu'il a pu fournir un alibi sans faille et qu'il a été relâché. Vous pouvez même prétendre l'avoir interviewé à sa sortie de nos locaux... Il vous a fait une déclaration comme quoi il est indigné par le comportement des perdreaux... Il vous a dit qu'il avait été arrêté à la suite d'une dénonciation anonyme dont il espère découvrir l'auteur... Faites ça... C'est du sensationnel ! Demain, vous aurez toujours la possibilité de sortir la vérité, ainsi cela vous donnera deux papiers à sensation au lieu d'un. Vous voyez que je suis correct ! Ne vous ai-je pas alerté immédiatement, et vous tout seul ?

Il n'a pas lâché la photographie des yeux. Un léger soupir s'échappe de ses lèvres. Il remise le portrait dans sa poche.

— C'est bon. Je suis un faible, je ne sais rien vous refuser.

— Eh ! Un instant...

— Oui ?

— Donnez-moi votre rouleau de pellicule.

Je n'ai pas envie que vous me jouiez un air de vache !

— C'est ça, pour que vous le détruisiez !

— La confiance règne, ricané-je.

— Je peux vous servir la même chose... Nous nous bravons avec des lampions qui feraient fondre le pôle Nord !

— D'accord, alors employons un autre système... Sortez votre pellicule de l'appareil, faites-en un paquet...

— Et ensuite ?

— Vous écrivez votre adresse dessus et on le fait poster immédiatement par un planton. De la sorte, vous êtes certain de l'avoir demain.

— D'ac...

Il obéît, ôte son film, l'enveloppe dans du papier blanc et fixe les plis du paquet au moyen de papier collant.

Lorsqu'il écrit son adresse, je sonne un garde.

— Minute, dit Laroute, ne lui faites pas le moindre signe d'intelligence, sans quoi je ne marche pas !

— Comment un gardien de la paix comprendrait-il un signe d'intelligence ? objecté-je ?

Tout se passe bien. Le garde prend le paquet et les dix balles de Laroute, puis s'en va en nous distribuant des saluts militaires format ministre !

— A demain, dis-je à Laroute. Je compte sur vous. Souvenez-vous que lorsque je compte sur quelqu'un, je n'aime pas être déçu. Si l'idée vous venait de me doubler, vous perdriez soixante-quinze pour cent de ce sex-appeal qui vous met à la portée de la paluche les secrétaires du journal.

Il hausse les épaules, vexé. Nous nous quittons sans effusions.

Bérurier surgit, le chapeau de travers.

Il semble déprimé.

— Qu'est-ce qui t'arrive, Gros ?

Il pose sur mon visage altier ses gros yeux sanguins.

— Je viens de me rappeler que ma Berthe a fait du bœuf mode pour le déjeuner.

— Alors ?

Il brandit son râtelier mutilé.

— Tu crois que je vais pouvoir le bouffer avec ça ?

— Fais-toi faire du hachis Parmentier, Béru... Ou un lait de poule !

CHAPITRE X

LA TÊTE ENFLÉE

Il est sept heures et quelques poussières lorsque je passe la porte de l'hôtel de la Côte d'Argent. Je suis nanti d'une valise en carton, d'un chapeau et de lunettes qui ne me servent à rien sur le plan de l'optique, sinon à fausser celle des autres lorsqu'ils me regardent.

L'établissement est de troisième ordre, mais bien tenu. Comme tous les petits hôtels de Paris, il sent le linge repassé et l'encaustique. Un rhododendron jaunit sur le comptoir de la réception. Derrière la caisse, une dame âgée à cheveux blancs écrit dans un grand livre.

Elle me sourit.

— Monsieur ?

— Puis-je avoir une chambre ?

— Mais certainement !

Elle m'attrique le 25. Je m'inscris sous un faux blaze et, à la rubrique profession, j'inscris en toute candeur : représentant ! N'est-ce pas là un demi-mensonge ?

Tout le monde ici-bas représente quelque chose ou quelqu'un ! Il y a des gars qui représentent des aspirateurs ; d'autres représentent Dieu, certains représentent la loi ou bien le président de la République au gala des organisateurs de galas ! Il y a ceux qui ne représentent pas grand-chose, ceux qui représentent une fortune... Vous, vous représentez les mollassons du bulbe... Chacun a son petit compartiment.

Une accorte soubrette (Les soubrettes sont accortes, les collègues éminents, et les chauffeurs de locomotive pères de onze enfants) me grimpe au second.

Je prends possession de ma piaule. La même servante reçoit mon obole et mon sourire. La générosité de l'une et de l'autre lui vont droit au radada.

Elle s'en va à reculons.

— Monsieur n'a besoin de rien ? demande-t-elle, prête à tous les sacrifices.

— Si, lui dis-je : de sommeil. J'ai voyagé toute la journée et je suis fourbu. J'espère qu'il n'y a pas trop de chahut dans ce claque ?

— Oh, non ! C'est tranquille.

— Parfait. A bientôt, mon lapin...

J'attends qu'elle soit partie. Puis j'entrouvre ma lourde et je file sur ses talons.

J'ai un étage à descendre. Tout est peinard dans l'immeuble. Tel un fantôme, je hante les couloirs jusqu'à ce que mes pérégrinations m'aient amené devant le 14.

Je fais appel à mon sésame, l'ustensile qui ouvre toutes les serrures. Avec ça, pas de soucis, vous pouvez loger chez l'habitant à votre gré.

J'entre presto dans la carrée des Padovani. Le parfum de la môme Jolies-Miches me kidnappe le sens olfactif...

La chambre est propre, bien rangée... Un lit de cuivre, une armoire, une table, deux chaises et un lavabo. Plus une cantine d'esprit militaire dans un angle, près du radiateur.

Je me mets à tout fouiller. Je procède sans bruit, avec des gestes furtifs. Je palpe les nombreux costards du Corsico, son linge, ceux de la môme Marie-Jeanne. J'explore la cantine, je soulève le matelas, je sonde le sommier. Le résultat de ces fouilles est relativement mince : un pétard de calibre 7,65 automatique avec deux chargeurs en rabiot... Un passeport pourvu de la photo du Turc mais portant un nom bidon... La petite panoplie du gangster moyen, quoi !

Je dévisse les boules de cuivre du pieu et, dans le troisième tube composant l'un des montants, je trouve un lacet collé dans la boule par une boulette de chewing-gum mâché. Je hale le lacet et je ramène une liasse de billets de cent dollars ligotés très serrés. Je compte ma pêche miraculeuse : trois mille dollars ! Soit, au cours du change actuel 15 000 francs.

Je glisse l'artiche dans ma poche et revisse la boule de cuivre. Ensuite je m'allonge sur le lit. Il est huit heures moins le quart. La tête calée par l'oreiller, j'attends en réfléchissant le retour de miss Prenez-moi.

Pourvu que Laroute ne me joue pas un tour de vache !

Je me fous en rogne tout seul à cette pensée. Pour le coup, il y aurait de la castagne rue Réaumur ! Après ma visite domiciliaire, le roi du raisin à la une pourrait changer de métier ! Je le vois très bien ouvreur d'huîtres pendant les mois en r, en chômeur le reste du temps...

Enfin, un clocheton de la Trinité distribue huit plombes avec parcimonie. La belle videuse de bourses ne saurait tarder...

En effet, je perçois un glissement dans le couloir. Une clé s'engage dans la serrure, ce qui, pour une clé, vaut bien mieux que s'engager dans l'armée de l'air. La lourde gémit et la silhouette de Marie-Jeanne s'inscrit dans l'ouverture. Elle entre, actionne le commutateur, se retourne et réprime un cri en m'apercevant.

— Mets la targette, Vénus aveugle... Nous serons mieux...

Elle obéit et s'approche du lit.

— Qu'est-ce que vous faites là ?

— Tu vois, je t'attendais ! Tout s'est bien passé en bas ?

— Oui...

— On ne t'a pas posé de questions ?

— Non, pourquoi ?

— Comme ça... Ils lisent *France-Soir* dans c't' usine ?

— Pas la patronne, en tout cas. Sauf lorsqu'un client l'a oublié...

Je préfère ça. On risquera moins de se faire mettre des bâtons dans les roues.

— Mets-toi à ton aise, charmante enfant, car nous allons rester un bout de temps ici !

Son œil devint polisson (déformation professionnelle, je suppose), la claustration avec un mâle, d'après sa conception des rapports polyvalents, ne peut que s'effectuer à l'horizontale.

Pour la détromper, je m'assieds à califourchon sur une chaise, défendant de la sorte ma dignité et ma vertu.

— Il serait bon que je t'affranchisse, Marie-Jeanne ! Comme ton chourineur n'a pas parlé, j'ai tendu un piège pour essayer de pêcher ses petits camarades. Quelque chose me dit, en effet, qu'il n'est pas seul dans ce coup. Les truands, ma belle, c'est comme les pompiers ou les séminaristes : ça manœuvre en groupe.

— Qu'est-ce que vous avez fait ? demande-t-elle, inquiète.

— J'ai annoncé aux journalistes qu'il y avait maldonne et que Padovani était relâché avec les excuses du pensionnat des Oiseaux. Je te parie une poignée de porte contre une poignée de main que ses potes vont montrer le bout de leurs cordes vocales en téléphonant ici...

« La vioque de la caisse leur répondra que Pado n'est pas là, mais que toi tu y es... Ils te demanderont alors des nouvelles du Turc... Lorsqu'ils se seront fait connaître, tu leur diras que le Turc est ici pour eux, mais qu'il se fait porter pâle à cause des journaleux qui veulent de la causette pour leurs colonnes grises. Puis tu me passeras la communication et tu n'auras plus à t'occuper du reste...

Elle approuve en branlant le chef, ce qui dérange un peu ses habitudes.

Au bout d'un instant de méditation, elle demande :

— Vous croyez que mon homme s'est mouillé dans une affaire pareille ?

— Pourquoi me demandes-tu ça ? Tu le prenais pour saint François de Sales réincarné comme un vulgaire ongle de pied !

— Naturellement non, mais je vois pas le Turc débiter un mec en tranches. Qu'il l'ait refroidi, c'est possible, il est tellement nerveux... Mais ce dépeçage, dites, ça ressemble pas au boulot des gars du milieu ! Ce serait unique dans les annales !

Ce qu'elle énonce, je l'ai déjà pensé et ça me tarabuste... C'est pourquoi je suis à peu près certain que le caïd n'était que l'un des éléments d'une bande...

— Pas la peine de se survolter les cellules grises, ma fille, murmuré-je, il nous suffit d'attendre...

— Parce que vous êtes sûr que votre ruse réussira ?

Je lui souris. Dans le fond, elle est choucarde, cette môme... Je l'imagine, marida à un mironton quelconque qui marnerait à la R.A.T.P. ou aux Allocations... Elle lui tiendrait son intérieur et lui pondrait des Français moyens, tout en économisant des flèches pour les vacances... Ce serait une femme comme les autres... Elle porterait une espèce d'uniforme invisible que la « vie courante » met sur le râble de M. ou de Mme Tout-le-monde... Elle aurait droit à la Sécurité, à la considération, à des cinq à sept, à une carte d'électeur et à verser au denier du culte. Bast ! Et puis après ?

— Pourquoi vous me répondez pas ? insiste-t-elle. A quoi vous pensez ?

Elle joue les petites filles modèles. Paupières baissées, bouche en chemin d'œuf...

— A moi ?

— Ce serait trop long à t'expliquer... D'où viens-tu ? De la cambrousse, pas vrai ? Tu t'es placée à la ville comme bonne. Le patron t'a grimpée... ou bien tu as rencontré un petit casseur... Et puis...

Elle sourit.

— Vous êtes marrants, les hommes, flics ou pas flics ! Dès que vous parlez avec une fille de joie, c'est pour savoir ce qui l'a amenée à faire le truc... On dirait que, pour vous, nous sommes comme qui dirait un mystère !

Je murmure :

— Mais c'est vrai : vous êtes un mystère... Un grand mystère !

— A cause ?

— Ça ne s'explique pas, c'est justement pour cela que c'est un mystère.

Elle devient songeuse.

— Oui... C'est curieux, je vois les clients... Après, c'est recta : « Y a longtemps que tu fais ce métier ? Pourquoi tu le fais ? T'as eu des malheurs ? »

« Eh bien ! c'est pas vrai, moi j'ai pas eu de malheurs. J'étais une petite vicieuse et voilà tout... Les malheurs, ça serait plutôt pour maintenant... »

Des larmes brillent de vie.

— Elle est chouette ! Toujours le même circus : ils montent avec moi pour oublier leur garce d'existence... Et tu crois qu'ils y arrivent ?

Réalisant qu'elle vient de tutoyer un haut fonctionnaire, elle s'excuse :

— Oh, pardon...

— Pas de mal...

— Après, ils sont plus tristes qu'avant... Ils parlent pour essayer d'écraser le coup, ils disent n'importe quoi, des choses sur leurs femmes à eux, sur leurs patrons...

Elle serait encore en train de dérouler sa bobine de souvenirs, mais la voix aiguë de la vieille, en bas, retentit :

— Madame Pado ! Téléphone...

Je sursaute...

— Eh ! dis, ça vient plus vite que je n'espérais. Alors, tu as tout pigé ?

— N'ayez pas peur.

« Oui ! » crie-t-elle à la cantonade.

Elle va à la porte, moi sur ses talons.

— Vous me faites faire un drôle de micmac, dit-elle.

— C'est pas pour mon plaisir, ma gosse, comprends-le...

Elle hausse les épaules et dévale l'escalier. Je la suis. La marchande de sommeil est surprise de nous voir ensemble. Mais elle doit connaître la profession de Marie-Jeanne et se fait vite une raison.

Le bignou est posé sur une table en rotin,

au fond du hall, Marie-Jeanne chope le combiné.

— J'écoute...

Elle fronce les sourcils, écoute en effet, puis me lance un regard d'intelligence.

— Oui, c'est moi... Si, il est là... On dit le contraire à cause des journaleux qui le font tartir... Attends, je l'appelle...

Elle pose l'écouteur et s'approche de moi.

— C'est Mémé le Grenoblois...

— Comment Padovani l'appelle-t-il ? Mémé ou bien le Grenoblois ?

— Il lui dit simplement Grenoblois...

— O.K...

Vous dire que mon battant ne fatigue pas serait mentir. Je me racle la gorge et prends le bigophone. J'ai un solide talent d'imitateur, et l'accent de Padovani n'est pas duraille à contrefaire, pourtant je redoute de ne pas jouer mon rôle à la perfection.

— Allô ! fais-je, c'est toi, Grenoblois ?

Une voix de mêlé-cass qui, à l'Opéra, équivaudrait à une basse noble, éructe.

— Qu'est-ce que c'est ce b..., Turc ?

— Un coup fourré. Y a un enfant de lopette qui a voulu me faire des misères... Heureusement que j'ai la blancheur Persil ! Ces messieurs m'ont presque fait des excuses...

L'autre ricane :

— C'est pourtant pas leur genre...

— T'as pas vu le circus au Bar des Aminches ?

— Non, mais j'ai su...

— Ils y sont allés un peu fort. Sans mandat, je te le fais remarquer...

Le Grenoblois pousse un juron très vilain. Après quoi il dit en caractère gras ce qu'il pense de la flicaille. Mais ça, je le savais déjà et ça ne me surprend qu'à moitié.

Lorsqu'il a exprimé son opinion — laquelle n'engage que lui — il demande...

— Alors, qu'est-ce qu'on fait pour le client ?

La sonnerie d'alerte retentit au tréfonds de mon être.

Prudent, je murmure :

— Qu'en penses-tu ?

— On ne peut pas le laisser là-bas plus longtemps, c'est mauvais avec ces premières chaleurs...

— Tu parles !

— Qu'est-ce que tu proposes ?

Je crois que jamais une question ne m'a plus embarrassé.

— On pourrait aller le récupérer, hasardé-je, en me demandant si cette suggestion est logique par rapport à la vérité, que j'ignore.

— Oui, je crois, approuve le Grenoblois.

— Alors on y va ? insisté-je.

Il y a un silence et j'ai la pétoche d'avoir déraillé.

— Allô ! insisté-je.

Il toussote puis, de sa voix si basse qu'on est obligé de se mettre à plat ventre pour l'entendre :

— Tu en as de fumantes, Turc !

Ça y est ! J'ai débloqué... Misère ! que dois-je dire pour repêcher le coup ! Dieu que cette situation est périlleuse... Que le doute s'empare de mon interlocuteur invisible, qu'il raccroche et l'affaire est morte. Le chemin de la vérité ne tient qu'à ce fil téléphonique. Une mimique poussée de haut en bas sur l'interrupteur et c'en est fini de ma belle enquête...

— J'en ai de fumantes, j'en ai de fumantes ! grommelé-je. C'est à voir !

Voilà qui maintient le contact sans rien compromettre.

— Puisque c'est toi que le sort a désigné, reprend le Grenoblois, c'est donc à tézigue à terminer le boulot...

Ouf ! je commence à deviner...

— Si t'avais dégusté la dérouillée que ces carnes m'ont flanquée, tu verrais p't-être les choses autrement ! Le sort ! Le sort, tu me fais marrer, Grenoblois ! Je vois qu'une chose, moi : quand le barbu prend de la gîte, tout le monde se file à la manœuvre... C'est normal, m... !

Nouveau silence.

J'insiste, le sentant hésitant.

— Si tu veux me laisser quimper, dis-le carrément, pas la peine d'aller acheter des fleurs... Je m'arrangerai seulâbre !

— J'ai pas dit ça...

— Bon, alors si t'es d'accord pour me filer un coup de paluche, on prend rencart et on liquide cette affaire !

Il soupire.

— Ça va. C'est bien parce que t'es un type réglo, Turc... Parce qu'enfin, merdier ou pas merdier, le sort c'est le sort, non ? A quoi ça servirait alors de se faire une loterie ?

— Oui, je sais... T'es un frère, Grenoblois... Puisque c'est commak, je suis prêt à te carmer une partie de mes dollars...

C'est l'argument qui lui va droit au coffre.

— Alors, comme ça, je suis ton homme, c'est plus pareil...

— Bon, rendez-vous à quelle heure ?

Il réfléchit. Pendant ce temps Marie-Jeanne, immobile, les traits tirés, le rimmel dégoulinant, me fixe intensément.

La vioque de la caisse s'est arrêtée de griffonner son opuscule, sentant qu'il se passe quelque chose d'important. Cet accent corse que je prends soudain ne lui dit rien qui vaille.

— Allô ! fait le Grenoblois.

— Ouais ?

— Il me semble qu'à dix heures ce serait mieux, y a moins de trèpe. On se trouve où ?

— Ecoute, je te propose un plan de sécurité, après le coup de cet après-midi, c'est plus prudent.

— Lequel ?

— Rendez-vous à dix plombes place Saint-Augustin, à droite de l'église... Tu m'attendras dans ta charrette. Moi j'arriverai un peu après, je te ferai un appel de phares... Tu décolleras et je te filerai le train à distance en matant si je suis pas suivi, d'accord ?

— T'as peur qu'on te surveille.

— Non, mais vaut mieux faire gaffe...

— Bon, comme tu voudras, Turc... Allez, tchao !

Et il raccroche.

J'en fais autant, puis je m'assieds dans un fauteuil d'osier qui gémit sous mon poids.

Je croise les mains sur mon burlingue et j'examine la situation bien comme il faut.

Comme prévu, Padovani a des complices — au moins un, en tout cas. Ils ont accompli un sale coup. Puis ils ont tiré au sort pour savoir qui ferait disparaître le cadavre et le hasard a désigné le Turc.

Pour une raison que j'ignore, Padovani a dépecé leur victime...

Il a planqué la tronche là où nous l'avons trouvée... Mais le restant du mort est demeuré dans un endroit connu des autres (ou du moins du Grenoblois) et la décomposition risque de signaler sa présence... Oui, c'est bien cela... Par « le client », il parlait d'un défunt, sans quoi mon interlocuteur n'aurait pas dit « que c'était mauvais de le laisser là-bas avec ces chaleurs ».

Je décroche l'appareil. Presto je compose le numéro de la maison Lapoule... Le standardiste me branche sur mon service, mais personne ne répond. Je lui ordonne d'envoyer quelqu'un en face vérifier si Pinuche ou Bérurier ne sont pas en train de lichetrogner... Le préposé me demande de ne pas quitter...

Pendant qu'on part à la recherche du fameux tandem, Marie-Jeanne vient s'asseoir en face de moi.

— Monsieur le commissaire, balbutie-t-elle.

Je la regarde. Elle a l'air tellement triste qu'un vieux percepteur en pleurerait !

— Mais qu'est-ce que tu as, Gosse d'amour ?

— Un pressentiment, dit-elle.

— Un pressentiment ?

— Oui. Il me semble que le Turc est mort...

Du coup, ça me la cloue !

— Qu'est-ce qui t'arrive ?

— Pendant que vous téléphoniez j'écoutais. Vous imitiez sa voix à la perfection... Et j'ai compris qu'il ne parlerait plus, plus jamais !... Je ne sais pas comment vous expliquer.

Ce sens divinatoire me confond. Je vais pour protester, mais la voix de Béru graillonne dans l'écouteur.

— Oui, j'écoute.

— C'est toi, Gros ?

— En chair et en os...

— Et en graisse, tu oublies ! Bon, j'ai du nouveau... Ce soir, à dix heures un gars sera stationné à droite de l'église Saint-Augustin. J'ai rambour avec cégnace. Je dois lui faire un appel de phares... Puis lui filer le train... Toi, prends une carriole et poste-toi rue de la Pépinière... Lorsque tu me verras déhotter, suis-moi... Vu ?

— Vu.

— Charge-toi, hein ? Du sérieux, ça pourrait vaser ! Et puis prends quelqu'un avec toi, plus on est de fous plus on rit...

— Pinaud ?

— Pourquoi pas, il est encore dans les azimuts ?

— On tapait la belote ensemble... Tout atout-sans atout ! C'en fait deux que je lui mets dans le...

Il ne précise pas.

— Remisez vos brèmes et préparez l'expédition... Vous n'êtes pas biturés au moins ?

Le Gros se met en boule.

— Qu'est-ce que c'est que ces sous-entendus à la graisse d'oie, hein ? Biturés, Pinuche et moi ? A cause de dix malheureux apéros ! Non, ma parole, tu nous prends pour des dames...

— Comment se fait-il que vous ne soyez pas chez vous à cette heure ?

— La femme au père Pinuche est en vacances chez sa sœur, et la mienne est invitée chez une amie.

J'ai l'impression que l'amie de Berthe Bérurier doit ressembler à Alfred, le coiffeur.

— Montons, fais-je à Marie-Jeanne.

En passant devant la caisse je lance à la mère Trois-et-deux-cinq :

— Vous décrochez pas la matière grise, ma brave dame, je suis de la rousse. Tout ce que je vous demande, c'est de continuer vos additions comme si de rien n'était !

CHAPITRE XI

DEUX TÊTES AU TABLEAU

De retour à la chambre, j'explique avec ménagement à ma collaboratrice ce qui s'est passé dans l'après-midi dans mon bureau. Elle ne chiale pas, ne dit rien. J'ai l'impression que mon récit lui apporte une sorte de calme. Lorsque je me tais, elle va ouvrir la porte. Puis elle me la montre.

— Fous le camp, poulet !

J'en suis baba !

— Fous le camp si tu ne veux pas que je saute par la fenêtre, moi aussi. Ah ! on peut dire que tu m'as flouée avec ton blabla, salopard ! Alors t'as conduit mon homme au suicide et tu viens me faire jouer cette sale comédie ! Je peux plus te voir... Envoie-moi au combron si tu veux, tout, pourvu que je n'aie plus ta gueule de flic devant les yeux ! elle me donne envie de te mordre...

A propos de mordre, c'est le gars Bibi qui se mord les doigts pour avoir donné dans l'épanchement... Le courrier du cœur, c'est pas ma rubrique !

Ça vous prouve, mes petits lapins roses, qu'en matière de flicaillerie il faut garder l'œil ouvert et le cœur sec !

Pour éviter le scandale, je quitte la carrée.

En bas, je téléphone pour demander qu'on poste quelqu'un dans le hall de l'hôtel pour empêcher cette pétasse de calter...

Après quoi, j'attends en lisant le baveux que la femme de chambre est allée m'acheter. Je peux apprécier la régularité de Laroute. Mais à travers les lignes, je hume son impatience. Si je n'éclaircis pas cette histoire dans les douze heures qui viennent, il se déchaînera. Et alors votre petit San-Antonio bien-aimé pourra s'acheter un peigne fin pour aller coiffer les girafes dans un bled tranquille.

Un garçon blond et gentil se présente. Un novice du bureau voisin. Il vient à moi, déférent.

— Berthier, monsieur le commissaire...

— O.K. Vous allez faire sisite là et surveiller l'escalier. Une femme que madame (je désigne la mactée) vous désignera éventuellement, essaiera peut-être de sortir ou de téléphoner. Votre rôle consiste à l'en empêcher par tous les moyens, d'accord ? Si elle regimbe, passez-lui les poucettes ou attachez-la dans son lit...

« Allez, bye ! »

Je vais renifler l'air humide du dehors.

*
* *

Il fait une belle notche, avec des bribes de brouillard çà et là, autour des becs électriques. Paris, en cette nuit de printemps, est d'une émouvante douceur.

Je respire profondément, manière de me désintoxiquer les éponges. Il est neuf heures et demie. C'est-à-dire que je peux d'ores et déjà me préparer à intervenir...

Je boutonne ma gabardine jusqu'au col et je rabats mon baba sur mon front. C'est rare que je porte un bitos... J'aime pas ça... Ça fait minus... Mais il y a des circonstances dans la vie qui vous obligent à vous camoufler au maxi...

Je monte dans mon char et, peinardement, je vais jusqu'à Clichy écluser quelques coups de pousse-au-crime avant l'heure H. A dix heures moins cinq, je me remets au volant et je descends à Saint-Augustin par la rue du Rocher. Je fais un premier viron autour de l'église, sans apercevoir la moindre tire en stationnement. Et cependant les dix coups viennent de dégouliner du clocheton... Qu'est-ce à dire ? Le Grenoblois aurait-il changé d'avis ?

Je contourne le square, ce qui me permet

d'apercevoir Béru et Pinuche dans leur tire... Leurs deux bouilles d'ahuris se détachent en pâle derrière la vitre du pare-brise... Je ralentis pour me faire repérer par eux, puis j'entreprends un second tour de l'église. Lorsque je l'ai fini, ô bonheur ! je découvre une 404 grise stationnée à droite de l'édifice. Il y a un mec à l'intérieur dont je vois la silhouette par la glace arrière.

Je freine, stoppe à dix mètres de lui et je fais jouer les phares à trois reprises... Le zig met alors son moulin en route et démarre en souplesse. Je l'imite... Dans ma poitrine, il y a un grand radio-crochet sous le patronage des Petits Chanteurs à la Croix de bois ! Cette fois, mes petits camarades, je tiens le superbon bout...

Fier comme Bar-Tabac, je suis mon guide... Nous remontons le square... Il met sa flèche pour virer à droite, mais à cet instant je vois déboucher une silhouette de femme qui galope en gesticulant... Le Grenoblois met ses phares pour la faire sortir du passage. Je pousse un juron, c'est la môme Marie-Jeanne qui arrive... Le Grenoblois la reconnaît en même temps que moi et stoppe. Elle s'engouffre dans la bagnole ! J'en chialerais ! Fini, c'est tordu, liquidé ! Elle le met au parfum de ce qui se passe... Cette garce, assoiffée de vengeance, est parvenue à feinter le toquard de Berthier...

Je décide de jouer mon va-tout, c'est-à-dire d'alpaguer le Grenoblois... De lui peut encore jaillir la lumière...

Je fonce pour le doubler, mais il vient de faire un démarrage très sec et, pour le rattraper, il faut mettre le grand développement.

J'appuie sur le champignon aussi fort que possible. Ma bagnole pousse un rugissement et se précipite... Mais le Grenoblois a de l'avance... Il fonce à tombeau ouvert par la rue du Général-Foy qui n'a jamais vu une telle corrida... Il tourne dans la rue de Monceau, puis dans la rue de Constantinople et enfin il oblique à mort dans le boulevard de Courcelles... Son intention initiale, je m'en rends compte, était de virer sur la droite, mais un autobus qui débouche l'en dissuade et c'est à gauche qu'il vire après avoir décrit une embardée qui manque envoyer aux prunes l'agent du carrefour... Ce dernier embouche son instrument de travail et donne en plein air un récital de trémolos baveurs... Tout le monde s'en branle... Tout le monde, c'est-à-dire le Grenoblois, San-Antonio et Laurel et Hardy qui s'escriment à maintenir l'ordonnance du cortège à bord de leur chiotte.

Ce Grenoblois conduit comme Fangio en personne... Bien que ma chignole soit plus puissante que la sienne, je n'arrive pas à le remonter...

Il grille un feu rouge et je tente de l'imiter, mais un taxi trop pressé se fout devant moi, je l'emplâtre de plein fouet et nous faisons l'un et l'autre un magistral tête-à-queue... La guinde des deux ballots freine à ma hauteur. Je m'y jette, laissant le popoff du taxi s'égosiller devant les débris de nos voitures...

— Fonce ! Fonce ! crié-je à Béru.

Je ne sais pas si je vous en ai déjà parlé, mais le Gros, pour ce qui est du volant, se défend plus qu'honorablement...

Il a les dents serrées et ses gros yeux pendent sur le tableau de bord.

— Allez ! Allez ! fais-je.

— On va se tuer, dit Pinaud.

— Ta bouche, fossile, tu fais déjà du rabe !

— Jamais on ne les rattrapera, prophétise le vieux chnock.

Je constate alors que la voiture dans laquelle nous roulons est pourvue d'un toit ouvrant.

— Passe-moi l'artillerie ! ordonné-je.

Pinaud me tend une Thompson flambant neuve munie d'un chargeur qui l'est également.

Le feu arrière de la 404 s'éloigne. Elle gagne du terrain.

— Tu ne peux pas tirer, crie Pinaud. A cette distance tu attraperas tout le monde sauf lui...

Il a raison. L'air de la course me fouette le

visage et mon bada s'envole comme un duvet dans le vent...

Soudain Béru pousse un cri léonin. Un gros camion de déménagement vient de déboucher de la rue de Tocqueville, obligeant la 404 des fuyards à ralentir. Le Grenoblois freine sec et sa carriole zigzague dangereusement. Elle se met en traviole de la rue. Lui, sans perdre la moitié d'une seconde, redresse, contourne le camion dont le conducteur, tête hors de la portière, lui crie des vérités sur sa façon d'observer le code... Béru prend un risque énorme. Il se joue gagnant et, sans voir s'il arrive autre chose à gauche, il dépasse le camion sur l'arrière, seulement lui n'a pas eu à ralentir, ce qui fait que nous avons repris du terrain sur les autres.

Je me penche :

— Mets les phares, Gros !

Il donne les loupiotes bien à fond. La rue est déserte, tant pis : je risque le paquet... J'épaule la mitraillette et je balance la purée.

Toute ma marchandise passe en un formidable crachat.

— Touché ! gueule Pinaud.

Bérurier n'a que le temps de freiner. Le bolide du Grenoblois se met à tanguer dangereusement... La 404 décrit des embardées imparables, escalade le trottoir et va percuter le rideau de fer d'un magasin.

L'auto stoppe juste à la hauteur de l'accident...

Je saute par le trou du toit et mes deux compères radinent à ma suite. Le spectacle n'est pas chouïa ! La Marie-Jeanne a pris une valda dans la calebasse et ça lui a fait littéralement sauter la coiffe. Quant au Grenoblois, il s'est embroché sur son volant. L'axe de direction lui ressort dans le dos. De plus, sa frime a été cisaillée par les éclats du pare-brise...

— Va téléphoner à police-secours ! ordonné-je à Béru. Qu'on envoie une ambulance dare-dare...

Avec Pinaud, on s'efforce d'ouvrir les portières bloquées de la voiture. On parvient à faire jouer celle de droite... Pour la môme Pince-Fesses, on affiche relâche pour cause de décès ! Elle navigue déjà vers l'éther... Mais je m'aperçois que le Grenoblois vit encore malgré son affreuse blessure... Un sourd clapotement sort de sa bouche sanglante...

Bien entendu, unc population surexcitée s'annonce et ça moutonne dans le quartier.

— Aide-moi à sortir la fille, dis-je à Pinuche. Et toi, dis à ces ramollis de fermer leurs moulins à prières en attendant l'arrivée du guet.

Lorsque la môme est allongée sur le trottoir, je lui colle mon imper sur la tête et je m'assieds à sa place, près de l'autre. Dans la position où il est, je ne peux pas le toucher... J'ai idée que lorsqu'on lui enlèvera cette broche du placard, il cannera sans dire bonsoir.

Je lui soulève le menton légèrement.

— Eh ! fais-je, Grenoblois, tu m'entends ?

Son râle s'arrête...

Je le crois mort, mais je m'aperçois qu'il a les yeux ouverts et que ceux-ci tournoient dans leurs orbites.

— Tu m'entends, bonhomme ?

C'est un petit type malingre, avec des cheveux gris... Il me fait de la peine, bien que je sois un coriace.

— Tu peux parler ?

Il dit oui... Mais c'est plus une plainte qu'un oui...

— Tu as mal ?

— Ouin ! articule-t-il.

— T'en fais pas, on va t'emmener à l'hosto et te dorloter...

— Fi... ni..., balbutie-t-il.

Parbleu, il sent bien qu'il vient de toucher son aller simple.

— Espère, Grenoblois, tant qu'il y a de la vie... Mais je vais te demander une chose... Le cadavre du mec, où est-il ?

Il ne répond pas... Ses yeux se révulsent... Son visage blanc tourne au gris...

J'ai le sentiment de me comporter comme

un enfant de porc. Vous me voyez, les gars, dans cette voiture accidentée, aux côtés d'un moribond embroché par son volant ? Au lieu de calmer sa souffrance ou, plus simplement, de lui foutre la paix, la vraie, la grande, l'éternelle, je le tourmente ! C'est un crime de lèse-humanité que je commets.

— Grenoblois, il faut que tu me dises. Aie un geste, quoi ! Bon Dieu, tu as été un môme... Et un môme, c'est honnête... Alors en mémoire de ça... En mémoire de ta mère, dis-moi où est le cadavre... Puisque tu peux parler...

Ses yeux s'ouvrent démesurément, sa bouche s'ouvre en grand, il clape à plusieurs reprises... Un son informe s'exhale de sa gorge... Un son bulbeux, gras, pénible... Et phonétiquement, ça donne à peu près ceci : « Aveyron ! »

Je pleurniche presque :

— Répète, Grenoblois... Répète, j'ai pas pu piger... Redis-le encore...

Je mets mon oreille tout contre sa bouche... Je sens la chaleur gluante de son sang sur ma peau. Chose curieuse, il ne me cause aucune répulsion...

Le souffle rauque et menu du mourant vrille mon oreille.

— Répète, Grenoblois, répète...

Et le miracle se produit... Il s'arrête un instant de respirer, puis il redit...

— Are...e...yon...

Je répète :

— Are e yon... Qu'est-ce que ça veut dire ?...

Est-ce une ultime transmission de pensée ?

— Gare de Lyon ? demandé-je.

— Mmmoui !

Il canne. Son front reste appuyé contre le pare-brise crevé, le sang s'écoule de sa bouche... Je sors de l'auto...

Pinaud me regarde.

— Comme tu es pâle ! s'exclame-t-il.

J'enjambe le corps de Marie-Jeanne et écarte brutalement les badauds. Bérurier, qui revient, me crie :

— Les voilà... Où vas-tu ?

— Boire un coup de gnole, je me sens tout chose...

— Il y a un troquet au coin de la rue...

— Venez m'y rejoindre avec Pinaud dès que les flics seront là...

— Entendu !

D'une démarche molle, je gagne le bistrot indiqué par mon éminent collègue. J'ai les cannes qui plient sous mon poids. Ce soir, la vie est duraille à se farcir... J'ai comme qui dirait une indigestion de macchabées. Ma petite Marguerite... Padovani... La poule du Turc... Le Grenoblois... Et, en sourdine, un cadavre sans tête qui daube quelque part !

L'humanité est en décomposition. J'en ai

marre. J'aurais dû me faire laboureur... Marcher dans les champs derrière le dargeot d'un bourrin, n'est-ce pas l'idéal ? On l'éventre, cette saloperie de terre. On lui extirpe ce qu'elle a de meilleur avant d'aller l'enrichir en azote ! Parlez-moi de cette vie au grand air... Moi j'aime les arbres, pas ceux poussiéreux des squares, qui puent l'anémie des villes, qui sont asphyxiés par le béton, mais les autres... Ceux qui poussent tout seuls parce que le vent charrie de la semence et que la terre est fertile... Ceux qui sont pleins de vrais oiseaux... Et au pied desquels on trouve des champignons !

Je passe la porte du bistrot. Le patron, un tablier bleu autour du ventre, pérore...

Des zigs à moitié blindés l'écoutent. Il dit que ces attaques à main armée sont propres au quartier... Ça fait la quatrième qu'il voit en trente-deux ans de limonade (dont quatre à la saccharine).

Il m'interpelle.

— Vous savez au juste comment ça s'est passé ? me demande-t-il.

Je m'assieds sur une banquette ravagée.

— C'est des hommes qui ont tiré sur d'autres... Apportez-moi un rhum et vous occupez pas de ça !

Blessé, il me sert à contrecœur. Il ne rouscaille pas, heureusement pour son râtelier, car dans l'état où je suis je ne supporterais pas de vannes !

Je m'entifle coup sur coup quatre rhums avant l'arrivée de mes coéquipiers.

Ils ont l'air fatigués, eux aussi.

— Un rouge ! décide Bérurier...

— Un blanc ! commande Pinaud, par esprit de contradiction.

« Tu as du sang à la figure, me dit-il. Tu es blessé ? »

Je m'essuie avec mon mouchoir.

Je leur sais gré de ne pas m'accabler de questions.

Nous sirotons en silence, tandis que le patron et les consommateurs nous regardent avec respect. A l'arrivée de Béru, portant la mitraillette, ils ont enfin compris que nous n'étions pas de simples scaphandriers en bordée.

Lorsque je me sens à nouveau dans mon assiette, je dis aux deux comiques troupiers qui m'assistent :

— Le type de la bagnole s'appelait dans le mitan Mémé le Grenoblois.

— Je sais, fait Béru, je le connaissais. C'est moi qui l'ai crevé en 53 lorsque j'étais à la criminelle. Cambriolage...

— Ce gars était le complice de Padovani dans l'affaire de la tête...

« Avant de déhotter, il m'a dit que le cadavre se trouvait à la gare de Lyon... »

— A la gare de Lyon ! murmure Pinaud. On aurait dû faire des fouilles dans les consignes de gare. C'est toujours là qu'on entrepose les cadavres coupés en morceaux.

Béru fait chorus et cite des affaires criminelles retentissantes qui toutes ont trouvé leur point de départ ou leur dénouement dans une consigne...

— Au lieu de faire de la rétrospective, coupé-je, on ferait mieux d'aller là-bas...

— Une seconde ! supplie Pinaud. Je voudrais un vin chaud maintenant, pour me remonter... Cette poursuite m'a coupé les jambes...

Je leur accorde le sursis souhaité. Béru en profite pour demander un sandwich... Moi, je vais téléphoner à l'hôtel de la Côte d'Argent pour interviewer Berthier...

La vieille dame de la caisse est toujours installée à son poste. C'est à croire qu'elle y passe vingt-quatre heures sur vingt-quatre !

Elle me donne mon collègue.

— Bonjour, monsieur le commissaire, s'empresse-t-il, déférent... Rien de nouveau, je vous le signale. Cette jeune femme a bien essayé de sortir, mais je l'ai priée de rester dans sa chambre et elle n'a pas insisté...

— Pauvre tordu ! à l'heure actuelle elle se trouve rue de Tocqueville à l'état de macchabée, votre souris... Demandez un peu à la direction s'il n'existe pas une sortie par la cour... Et apprenez un peu votre métier !

Je raccroche, lui laissant au cœur comme une envie de se pendre.

Béru achève d'engloutir son sandwich ; sans râtelier, faut le faire !

— On dirait un boa, remarqué-je.

— Que veux-tu, s'excuse-t-il, les émotions, ça me creuse...

— A propos de creuser, tu creuses ta tombe avec tes dents !

— C'est moins fatiguant qu'autrement, rigole le Gros. Et parle pas de mes dents : elles sont dans ma poche !

— Allez, go : à la gare !

Mes sparring-partners se lèvent en soupirant.

CHAPITRE XII

PRÉS DU FOURGON... DE TÉTE

Gros bidule à la consigne de la gare de Lyon. Le préposé, à en juger par ses coquilles tuméfiées, devait en écraser entre deux malles avant notre venue.

Nous lui expliquons qui nous sommes et ce que nous cherchons. Il se frotte alors les lampions pour en bannir les ultimes bribes de sommeil; et il organise lui-même les recherches. Nous décidons de nous consacrer aux bagages les plus gros et de mettre en action notre sens olfactif, lequel est en général, chez les humains, un sens mineur.

Si vous nous voyiez, vous retiendriez vos gâches pour la prochaine séance, les mecs ! Pinuche, à quatre pattes, fait les rayons inférieurs. Il renifle, façon Pluto, et ses étiquettes remuent, autant que son naze ! Béru, lui, colle carrément son groin sur les colibars. Il aspire profondément, ferme les yeux, hoche la tête et passe au suivant. Quant à moi, je procède autrement : je soupèse avant de renifler, sachant combien la viande d'homme est lourdingue !

Tout à coup, le Gros pousse un hurlement :

— Icigo, les potes !

Nous accourons. Il s'agit d'une malle en osier tressé. Elle est petite pour une malle, mais grande pour une valoche. Et elle pue autant que tous les abattoirs de la Villette par une journée torride.

Elle ne comporte pas de serrure, mais deux sangles de cuir que nous n'avons aucun mal à dégrafer. Des linges blancs, souillés de sang, nous apparaissent. L'abominable odeur s'accentue.

— On tient le bon bout ! avertit Pinaud.

— Merci du tuyau, ricané-je, faudrait avoir de la cire à cacheter dans les trous de nez pour ne pas le savoir.

Béru, de ses gros doigts qui ignorent la répulsion, écarte les linges, et nous pouvons admirer à loisir un énorme jambon en pleine décomposition...

Notre déception n'a pas de limites...

C'est encore le Gros qui résume le mieux la situation :

— Laisser perdre une came pareille alors que les petits Hindous n'ont rien à jaffer ! Faut être un drôle de vandale !

Nous colmatons la valise avant de poursuivre nos recherches, mais celles-ci ne donnent rien.

Il est quatre heures du matin et nous sommes littéralement fourbus. Un mal de crâne me taraude la base du bilboquet et j'ai des papillotements dans les lampions.

— Le buffet est ouvert ? demande Béru à l'employé.

— Oui...

Le Gros est gris comme un dimanche anglais. Il tourne vers moi ses yeux proéminents, éteints par l'idiotie et la fatigue.

— A cette heure, fait-il, je propose un rhum-limonade : ça rince les idées !

Nous lui emboîtons docilement le pas et nous allons nous affaler sur de la moleskine neuve, mes camarades et moi-même ! Il y a dans le buffet des troufions qui roupillent et deux amoureux qui trouvent le moyen de se brouter le museau. Béru organise les festivités. Ensuite, mains croisées sur le baquet, nous nous plongeons lentement dans une méditation qui est l'antichambre du sommeil.

C'est Pinaud qui parle le premier, et ce au bout d'un temps assez long. Il émet un borborygme dû à la limonade, puis, sollicité par cette manifestation sonore, décide de produire des bruits plus agréables à l'oreille.

— J'ai jamais vu une affaire pareille ! déclare-t-il.

— Moi non plus, affirme Bérurier. Jamais... Tu ne sais pas à quel saint te vouer... Tout te claque dans les pognes au fur et à mesure...

Il réfléchit un instant.

— T'es bien certain, Tonio, que le Grenoblois a parlé de la gare de Lyon ?

— Naturliche !

— Et si des fois il avait voulu te bidonner ?

Je hausse les épaules.

— Il était en train de claquer, tu te figures qu'on a envie de mentir dans ces moments-là ? Ça lui aurait été tellement plus facile de ne pas l'ouvrir !

— D'accord, mais alors, où veux-tu qu'il soit, le cadavre sans tête ? Y a qu'à la consigne qu'on aurait pu le camoufler...

Il va pour jacter encore, mais je lui impose silence d'un geste pratiquement romain.

C'est moi qui prends le crachoir, non pour éclairer la lanterne de mes coéquipiers, mais pour essayer d'éclairer la mienne.

— Je crois qu'on n'a pas raisonné assez dans toute cette histoire.

— Je ne sais pas ce qu'il te faut, déclame Pinaud, se souvenant qu'il a été comédien dans sa prime jeunesse.

— Silence, momie !

Il se tasse sur la banquette et tire sur les poils miteux de sa moustache.

— Non, nous n'avons pas assez fouillé le pourquoi des comment... On devrait le faire...

Le Gros avance sur la table un pouce pareil à une borne kilométrique.

— Primo ? invite-t-il.

— Primo, le Turc et le Grenoblois ont zigouillé le type dont nous ne connaissons que la tête, pour une raison inconnue.

— A inscrire au tableau, fait Béru.

— Deuxio ? demande Pinaud.

— Ce type n'était pas d'ici puisqu'il n'a pu être identifié.

— Ça, on le savait !

— Ta bouche, Bébé !

Je poursuis.

— Il convient d'associer le fait que cet homme était d'ailleurs à celui que nous nous trouvons dans une gare...

— Je ne comprends pas, affirme carrément Bérurier.

— Chez toi c'est une habitude. Je veux dire que lorsqu'un homme vient d'ailleurs, il débarque très souvent dans une gare...

Pinaud hoche sa tête de rat constipé.

— Ça se tient !

Je me racle la gorge. Le sommeil et la fatigue zonzonnent dans mon pauvre bocal comme un ventilateur dans une pièce vide.

— On peut donc imaginer le scénario suivant : les deux truands étaient chargés de liquider un type arrivant par un train... Ils l'ont griffé à sa descente du dur et lui ont réglé sa note *dans la gare.*

— Dans la gare ? sursaute Bérurier qui n'est pas pour l'invraisemblable.

— Admettons !

— Bon, admettons, consent mon ventripotent camarade.

Il ajoute, perfide à sa manière :

— Et alors ?

— Et alors, face de méduse, ils l'ont planqué quelque part...

— Où ?

Je hausse les épaules.

— That is the question !

— Y a des moments où ton argot m'échappe, bougonne le Gros.

Je gamberge à fond. Mon cervelet fait du cinq mille tours !

— *Ils l'ont collé dans un endroit d'où il était impossible de le sortir autrement qu'en pièces détachées !*

Je bondis...

— Mais oui, ça y est, c'est clair, c'est lumineux, ça irradie, ça éblouit, ça aveugle, ça brûle, ça consume, ça carbonise, ça réduit en cendres... ça bronze ! La voilà, la vraie vérité du bon Dieu, comme disent les grands romanciers américains qui veulent se ménager la critique.

Pinaud sort de sa grise léthargie.

— Donc, ils l'auraient tué tout de suite à sa sortie du train ?

— Ou presque !

— Mais, nom de f..., clame Bérurier, on ne dessoude pas un pèlerin devant des centaines de glandouillards ? Ça se serait su, non ?

Je tranche :

— Arrivez !

Nous prenons des billets de quai et nous allons sur l'esplanade des arrivées... Les voies sont à peu près désertes, sauf sur les lignes de banlieue où des trains argentés déversent une population aussi somnolente que laborieuse.

Je vais aux grandes lignes... Il fait un petit froid aigrelet... Des hommes d'équipe, la tête enveloppée dans des cache-nez, manœuvrent des convois interminables... Les premiers kiosques à journaux s'ouvrent...

— Alors ? grommelle Bérurier.

Je ne réponds pas... D'une allure coulée, je me dirige sur le quai de la voie L, qui est l'avant-dernier... C'est dans ce coin que radinent les rapides... De l'endroit où je me trouve, je contemple le grand hall où les lampes électriques commencent à être tuées par l'aube.

Je fais un examen panoramique des lieux...

— Vous voyez, fais-je à mes collègues. Le cadavre est par là...

— Tu débloques ! rigole Pinaud.

— Non ! Je le devine... Je le...

Il se gondole, l'affreux poulet.

— Tu le sens !

Comme qui dirait, oui !

Je reviens sous la marquise. A gauche, il y a le gigantesque tableau mobile où l'on affiche les arrivées des durs... Au-dessous, se trouve un kiosque à journaux fermé. A côté du kiosque à journaux se trouve une espèce de guérite pour vendeuse de billets de Loterie.

Tel un automate, mes sens aiguisés par la lassitude, me semble-t-il, je vais à la guérite. Elle est désaffectée. On a cloué des planches en croix sur le panneau de devant... De côté, entre le mur et le kiosque à journaux, il y a la porte de ladite guérite. Elle est pourvue d'un cadenas, mais celui-ci est rouillé et, dès que je le touche, il s'ouvre car il n'était pas bloqué.

J'entrouvre la porte étroite. Pas besoin de demander si j'ai misé juste, les potes : il faut se dégrouiller d'amener Purodor !

Je recule devant cette bouffée pestilentielle ! Bérurier m'écarte et actionne sa lampe électrique de poche. Il a le courage d'émettre un petit sifflement sardonique, ce qui vaut mieux qu'émettre des chèques sans provision.

— Va téléphoner à la morgue, ordonne-t-il

à Pinaud. Et dis-leur qu'ils ne pleurent pas la toile cirée !

Nous repoussons la porte et, sans ajouter un mot, nous allumons la première gitane de la journée.

CHAPITRE XIII

HISTOIRE D'UNE TÊTE

Je ne vous cacherai pas que la Morgue n'est pas un endroit où j'irais passer mes vacances. Mais la Morgue au petit jour, c'est plus sinistre : c'est intolérable...

Nous nous trouvons dans une salle en amphithéâtre. Pinaud et Bérurier sont assis sur les bancs, dodelinant de la tête. Les restes découverts sont étalés sur une table de pierre crûment éclairée par une lampe à arc. Le professeur Bourgeois, un gros zig chauve à lunettes, s'active sur le client. Debout, à un mètre de la table opératoire, je le regarde s'activer en m'efforçant de rester debout.

— On aurait pu attendre dehors, souligne Pinuche d'une voix semblable à celle d'un ventriloque.

— Tu crois que les couloirs sont plus folichons ? je lui demande.

Bérurier réprime un début de ronflement.

Pour se secouer, il tire de sa poche un trognon de saucisse, souffle les brins de tabac qui y adhèrent, et l'enfourne sans plus de cérémonie.

Tout en mastiquant avec énergie de ses gencives effeuillées, il déclare :

— Ils ont été gonflés, les mecs : suriner ce tordu en pleine gare, lui découper le cigare au vu et au su de tout le monde...

Il exprime ce que je pense. Ainsi nous complétons-nous harmonieusement dans les services.

— Ils l'ont tué parce qu'il fallait pas qu'il sorte de la gare, murmuré-je. Et il ne fallait pas qu'il sorte parce que quelqu'un l'attendait dehors... Alors, dans la foule, ils l'ont coincé gentiment. Personne ne prête attention à personne dans la confusion d'une arrivée de train...

— Exact, proclame Pinuche...

— Ils l'ont entraîné dans le fond du hall... Sans doute avaient-ils repéré le kiosque à billets désaffecté avant l'arrivée de leur victime, et en avaient-ils entrouvert la porte... Lorsque l'homme a été masqué par ce renfoncement, ils l'ont tué.

— Comment ? demande Bérurier.

Il se met à pousser un cri strident, que l'écho de l'amphithéâtre répercute.

— Qu'est-ce qui t'arrive ?

— J'ai avalé la ficelle de la saucisse !

— C'est pas le moment de jouer Premier de cordée ! Où en étions-nous ?...

Pinuche, toujours calme, enchaîne :

— Ils tuaient le bonhomme !

Le professeur Bourgeois intervient.

— Cet homme a été tué d'un coup de pic à glace en plein cœur...

— Voilà une mort discrète, propre, rapide et... silencieuse, dis-je.

Mes compagnons approuvent.

Bérurier achève d'avaler sa ficelle.

— Bon, ils ont tué le mec, l'ont foutu dans la guitoune, je vois le tableau... Fallait pas que le zig sortasse...

Il se tait un instant :

— C'est français ? demande-t-il, soucieux de ne pas choquer le toubib.

— Non, dis-je, c'est bérurien, mais qu'à cela ne tienne, poursuis ton exposé au subjonctif !

Il rejette son bitos derrière son crâne. Le cuir sale a composté son front olympien.

— Jusque-là, je mords la came, continue vaillamment ce sous-produit de la race humaine. Seulement, où je ne pige plus, c'est pourquoi ils y ont scrafé le bol, hein ? T'as le mode d'emploi du truc, toi ?

— Peut-être bien...

— Alors, commente, j'ai soif de savoir...

— Les deux acolytes devaient « faire disparaître » ce type. Tu piges ? Le faire disparaître... Pas seulement le tuer. Dans les circonstances où se sont déroulées les choses, ils ne pouvaient pas le sortir en bloc...

« Tu me suis toujours ? »

— Oui. Alors, ils sont allés au plus pressé : le rendre méconnaissable en lui coupant la tête !

— Tout juste, Auguste !

Il fait des progrès, Bérurier...

Je me penche sur les nippes malodorantes entassées sur un chariot. Il y a là un complet très bien coupé, en tissu anglais. On a arraché le label du fabricant cousu sur la poche intérieure gauche. La chemise est américaine, mais cela ne signifie rien, car on en trouve dans le monde entier (excepté naturellement au-delà du rideau de fer des grands magasins Popoff).

Le mort n'avait pas de chaussures. Le Turc les lui a sans doute emportées en même temps que la tête, car il n'avait pas le temps d'en arracher la semelle intérieure portant le nom du bottier.

Pinuche s'est endormi comme un vieux petit garçon bien sage... Bérurier, au contraire, ragaillardi par son trognon de saucisse, paraît avoir trouvé son second souffle.

— Vois-tu, San-Antonio, murmure ce gros tas de combinaisons chimiques, je comprends très bien cette affaire. Un mec ne doit pas sortir de la gare : on le bute à sa descente du bolide. Gi ! On ne doit pas savoir non plus qu'il est mort : on planque sa carcasse, on lui pique ses fafs, les marques de ses fringues et... sa hure, re-gi ! Mais alors, mon petit père, pourquoi le Turc est allé larguer la bouille coupée aux Halles ? C'était mathématique qu'on la trouverait, non ?

L'argument est de valeur... Je réfléchis... Je réfléchis ferme... Et, naturellement, parce que mon ciboulot est électronique dans certain cas, je trouve.

— Pour comprendre, lui dis-je, il faut se mettre dans la peau du type qui se balade dans Paname avec une tête coupée...

« Le mort était arrivé par un train de nuit, c'est probable... Car ce coup d'audace des deux truands aurait été difficilement réalisable en plein jour, avec le kiosque à journaux ouvert... Bon, il fait nuit, le Turc est chargé (le sort en a décidé ainsi) de liquider le cadavre... Le Grenoblois a dû tuer et son compagnon a pour mission de débarrasser en douceur les restes. Que fait-il ? Où faire disparaître cette tête ? Il habite en hôtel et ne peut la brûler ou la plonger dans de la chaux vive... La Seine ? Il sait bien qu'elle restitue toujours ce qu'on lui confie... Alors ?

« Alors, le sang appelant le sang, il se dirige vers les Halles. D'abord parce que c'est là que vit Paris, la nuit. Ensuite, parce qu'il a une idée... derrière la tête ! »

— Très drôle, apprécie le professeur qui se lave les mains.

Il nous écoute, avec plein d'éclats dansants dans ses lunettes.

— Quelle idée ? sollicite Bérurier.

— Il se dit que les Halles, ce haut lieu de la bouffe, doivent être riches en déchets... Ceux-ci, en effet, doivent se chiffrer en tonnes, journellement. Or, dans une grande cité, que fait-on, des déchets ? On les transforme en engrais... N'est-ce pas une façon magistrale de faire disparaître la tête ?

« Le Turc qui n'y connaît que pouic, pénètre dans les Halles. Ses pérégrinations l'amènent dans le bâtiment de la triperie. Il avise l'amoncellement des têtes de vaches... Tu les as vues, ces têtes, Béru : avec leurs poils, leurs cornes, leurs oreilles, elles n'ont rien de comestible. Padovani s'est imaginé que ces paniers étaient destinés à recevoir les fameux déchets... Mine de rien, il a collé la bouille de sa victime dans le lot... »

Bérurier me frappe l'épaule.

— T'es un génie à ta manière, San-A. Bien sûr, c'est une clarté aveuglante...

Il se marre.

— Dis, il a dû en pousser une frime, le Pado, quand il a ligoté l'aventure dans le journal... C'était gagné, hein ?

Il trouve ça tellement poilant, Béru, qu'il

en fait péter ses bretelles en se trémoussant la brioche.

Je l'abandonne à son hilarité pour attaquer Bourgeois.

— Alors, doc, votre avis ?

Le toubib essuie ses besicles.

— Individu dont l'âge se situe entre quarante-cinq et cinquante ans, récite-t-il, très professionnel. A mené une existence aventureuse, sans doute, car il a reçu plusieurs balles dans le corps il y a déjà longtemps.

— Aucune n'a été mortelle ? s'informe doctement Bérurier.

Le prof le foudroie d'un œil glacé.

— Ecoute, Gros, lui dis-je, la bêtise, chez toi, est hissée au niveau d'un apostolat. Tu es c... comme d'autres sont saints !

Bourgeois opine du chef.

Troublé par cette ratification tacite, Béru se penche sur son passif.

— Continuez, doc !

— Que vous dire de plus ? L'homme est mort depuis six ou sept jours.

Je réfléchis.

— Dites, doc, j'ai lu dans votre rapport sur la tête que vous aviez observé une multitude de petites cicatrices aux tempes et au nez ?

— Parfaitement !

— L'homme n'aurait-il pas subi une opération faciale ?

C'est au tour du praticien de s'abîmer dans des pensées profondes...

— Cela se pourrait bien. En ce cas, l'intervention aurait été exécutée par un homme de grande classe... Un maître esthéticien !

— Croyez-vous, doc, qu'on puisse transformer complètement la physionomie de quelqu'un ?

Il hausse les épaules.

— Complètement, non... Mais on peut transformer les dominantes du visage de manière à modifier son aspect...

— Bon, merci... Vous êtes chic de vous être levé si tôt pour ce sale turbin...

Il fulmine :

— Ce sale turbin, comme vous l'appelez, c'est le mien. Je l'aime et ne voudrais pas en faire un autre...

Je le calme.

— Je n'ai pas voulu vous blesser, toubib, au contraire. D'accord, vous avez la plus suave des professions... Celle du parfumeur excepté, je n'en vois pas qui puisse rivaliser de charmes avec elle !

Il prend le parti d'en rire, lequel vaut largement celui de Poujade.

*
* *

Le jour glauque ne chasse pas la vilaine sensation de fin du monde que nous a donné la Morgue.

L'air est opaque, des gouttes de pluie se baguenaudent dans le petit vent froid...

Nous avons l'impression d'aller à notre propre exécution capitale. Tous les trois, perchés au bord du trottoir, nous ressemblons à trois cigognes égarées au pôle Nord.

— J'ai un de ces sommeils, soupire Pinuche.

« Ma parole, je vais en écraser toute la journée... »

— Moi, j'ai faim, affirme Bérurier. Les nuits blanches, ça creuse terriblement... Que diriez-vous d'une soupe gratinée et d'un coup de blanc ? Avec un caoua très corsé par-dessus pour se remettre d'aplomb ?

Il monte dans sa voiture et nous fait signe de le rejoindre.

— On pourrait aller chez Grodu, me dit-il. Il va nous faire notre gratinée aux petits oignons !

Je ne réponds pas... Je continue de penser à toute cette abracadabrante story.

Soudain, j'attaque le Gros.

— Toi qui as fait presque tous les services, Béru, tu connais des petits dessalés appelés Bob l'Espiègle et Magnin Beau-Sourire ?

— Magnin ! tonne le Gros. Il demande si je

connais Magnin ! Je suis t'été à l'école ensemble, tu juges ?

Je crois qu'il plaisante, mais je m'aperçois que non.

— C'est vrai ?

— Ben alors ? Qu'est-ce que tu t'imagines, que les gangsters tombent d'une planète ? Il faut bien qu'ils soyent de quèque part, hein, Pinaud ? Magnin est de mon pays... Pour tout te dire, c'était le fils au bureau de tabac. Une forte tête... Tiens, ce machin-là que j'ai à l'arcade... C'est lui... Un fer à cheval qu'il m'a balancé dans la gueule un jour...

— Ça porte bonheur, ironisé-je. Et dis-moi, Gros... tu sais où il pioge ?

— Oui, il a un appartement, boulevard Berthier, dans le dix-septième...

— Qu'est-ce qu'il maquille ?

— Son chopin, à lui, c'est les courses...

— Il joue ?

— Oui, mais le cheval gagnant, exclusivement... C'est un gars à idées !

— Paraît qu'il était pote avec le Turc...

— Ah oui ?

— C'est la môme Marie-Jeanne qui m'a dit ça... Tu ne penses pas qu'il aurait trempé dans cette combine ?

— Magnin ? T'es louf, San-A. Il est bien trop futé pour se mouiller dans l'équarrissage !

— En tout cas, les amis de nos amis sont

intéressants à interroger parfois. Je propose qu'on aille le virer des toiles, non ?

Le Gros accepte.

— D'ac... Après ou avant la gratinée ?

— Avant !

— Tu sais, s'il est chez lui, il ne se dézone pas avant midi, alors rien ne presse.

Je martyrise le tableau de bord.

— J'ai dit tout de suite ! Vu ?

— O.K...

En rongeant son frein (ce qui est dangereux en voiture) le Bérurier des familles nous pilote boulevard Berthier.

Il se range devant le 112.

— Comment se fait-il que tu connaisses son adresse ? demandé-je, suspicieux.

Il hausse les épaules.

— Il m'a demandé des coups d'épaule quelquefois quand les collègues lui cherchaient des noises.

— La franc-maçonnerie de clocher, quoi !

— Bah ! faut bien s'entraider...

***

Le Gros s'arrête au troisième étage et se met à frapper à la lourde. Pinuche est à la bourre d'un étage. Il se la radine en soufflant comme un train du Texas.

Un long moment se passe.

— Le zoziau s'est envolé, dis-je déçu.

— Mais non, fait Bérurier. Seulement on t'ouvre pas comme si ce serait la lourde d'un bistrot ! Faut comprendre...

Il tambourine encore, un peu plus fort, mais toujours sur un rythme aimable.

Tout à coup, sans que nous ayons perçu le moindre bruit de pas, une voix d'homme interroge : « Qu'est-ce que c'est ? »

— C'est moi, Bérurier, dit le Gros.

Son ton contient toute la satisfaction qu'il éprouve à être effectivement Bérurier... Le flic le plus cocu de France.

La porte s'ouvre. Il y a, dans la pénombre du vestibule, un grand type maigre, avec un gros nez et des rides très profondes de chaque côté de la bouche. Il est en pyjama de soie blanche... Ses cheveux rares sont décoiffés et il se gratte la poitrine en nous considérant sans joie.

— Tu permets que j'ose ? fait Bérurier en l'écartant.

Magnin nous considère, Pinuche et moi comme si nous étions deux vilains cacas de chien oubliés sur son paillasson.

— Qu'est-ce que c'est que ça ? demande-t-il à Bérurier.

— Des aminches, fait le Gros.

Magnin n'insiste pas... Il doit de toute évidence son pseudonyme de Beau-Sourire à ces rides marquées qui lui font une babine de boxer en crosse !

Nous refermons la porte et suivons ces messieurs dans une salle à manger cossue, délicatement meublée Barbès. Beau-Sourire s'affale dans un fauteuil club. Il examine la pendulette suisse qui fait tic-tac au mur. Un coucou égrillard vient chanter huit heures pour saluer Bérurier.

Celui-ci (pas le coucou, Bérurier, du reste ça revient au même), me désigne du pouce.

— Commissaire San-Antonio, présente-t-il. Un crack, mon cher et néanmoins ami... Il voudrait te demander un tuyau.

Magnin a des yeux sombres, ardents, pas commodes.

— Pour les courses ? questionne-t-il.

— Non, fais-je. Je n'encourage pas la race chevaline, je suis pour la motorisation des champs de course !

Je tire une chaise de sous la table, l'approche du fauteuil de notre hôte et je m'assieds en face de lui, nos genoux se touchant presque.

— Vous avez lu naturellement l'affaire de la tête coupée des Halles ?

Il hésite, bat des paupières.

— Un sacré bidule, renchérit Bérurier, gêné de cette visite collective à son pays. Y a qu'à moi que ça arrive, des trucs pareils...

— Ferme-la ! crié-je.

Puis, revenant à Magnin Beau-Sourire :

— Nous (je désigne mon groupe) appartenons aux services secrets. Rien à voir avec la criminelle... Jamais nous ne nous serions occupés de cette histoire si le hasard ne nous y avait mêlés de force...

— Où voulez-vous en venir ? fait Magnin. Pourquoi me réveiller pour me raconter votre *curriculum ?*

— Minute ! Nous avons enquêté, et conclusion...

Je lève un doigt :

— Le Turc ! Le Grenoblois !

J'en lève un autre :

— De même que Marie-Jeanne, sa gagneuse...

Enfin, je dresse mon majeur :

— Plus le Grenoblois... Pas mal, comme tableau de chasse, hein ?

Il est vert bouteille, tout à coup.

— Le Turc ! Le Grenoblois !

— Oui...

— Mais pour le Turc, le journal...

— Considérez les précédentes éditions comme nulles et non avenues et lisez les prochaines, elles vous confirmeront mes dires...

— On te berlure pas, certifie Béru, parole de pays !

Magnin se gratte le sommet du crâne.

— Oh ! je te crois... Seulement, ça fait quelque chose d'apprendre tout ça...

— Ce « tout ça » poursuis-je, nous a

menés à un cadavre sans tête bouclé dans un kiosque à loterie de la gare de Lyon. Nous sommes venus ici, Magnin, pour vous poser une simple question... Répondez-y, je sais que vous le pouvez puisque vous étiez l'ami des deux gars cités... Si vous le faites, l'affaire est classée... Sinon, l'enquête continue... Et ça risquerait de vous apporter pas mal de déboires...

Je prends un temps. Il ne me quitte pas des yeux.

— Eh bien ! dites...

— Je veux savoir qui est l'homme décapité...

Magnin détourne lentement les yeux... Il ne répond pas.

— Accouche, conseille Bérurier, du moment que San-Antonio te promet le silence, t'es paré si t'as trempé dans le bain !

— Je ne veux même pas le savoir... Je m'en fous... Trois morts pour un, c'est assez dans une enquête officieuse.

Magnin réalise tout le bien-fondé de nos arguments.

— D'accord, fait-il, j'ai confiance, je vais vous casser le morceau.

Et il y va de sa tartine de confidences :

— Pendant la guerre, explique-t-il, on avait monté une équipe avec le Turc, le Grenoblois, et plusieurs autres « que c'est pas la peine de causer » pour faire passer les types traqués en Angleterre... On prenait une bonne somme pour le prix du voyage, mais on faisait du travail sérieux... C'était dangereux, d'accord, pourtant on se régalait côté osier... Ça a duré plusieurs mois, et puis l'un de nous, « Jim Mayeux », est allé nous balancer à la Kommandantur moyennant finances et on s'est fait coiffer comme des rois ! Heureusement, on a pu se faire la paire de la fourgonnette qui nous transportait à la Gestapo, grâce au Turc qui a étranglé deux gardiens à la fois !

Il s'arrête.

— Dans le fond, c'était le bon temps, soupire-t-il.

Puis, revenant à ses moutons :

— On s'est planqués. Mayeux est resté au service de MM. les sulfatés et il a pris du galon, rue Lauriston. Les combines, il les faisait officiellement, du coup, et tout le bénéf allait sur son livret de caisse d'épargne à lui...

— Quel salopard ! dit Bérurier.

Je coupe.

— C'est lui, le décapité ?

— Vous avez deviné, dit Magnin. A la Libération, cette vache s'est tiré aux États... Là-bas, il a su exploiter la fortune qu'il avait ramassée au service d'Adolf. Il est devenu riche... Nous, les autres enviandés, on avait juré d'avoir sa peau s'il revenait. Mine de rien, on était au courant de sa vie privée... On attendait notre heure...

— Et elle a sonné ? demandé-je, impatient.

— Oui.

— Mayeux a eu le mal du pays... Il est revenu...

— C'est ça... D'abord il est allé en Italie. Seulement ça ne lui a pas suffi... Il lui fallait la France... Il a envoyé des potes à Pantruche pour voir si tout était tranquille... Ils lui ont assuré que oui... Personne ne se souciait plus de ce traître. Y avait prescription, quoi ! Et puis, il s'était fait bricoler la bouille, ou je ne sais quoi ! Bref, il a décidé de revenir... Alors on s'est réunis, nous, ses victimes... Le Turc, moi, le Grenoblois, un autre...

— L'Espiègle ? interrogé-je.

— Dites, vous en savez, des trucs !

— On fait ce qu'on peut !

— On s'est réunis et on a tiré au sort pour savoir qui se chargerait de l'accueillir...

— Et c'est le Grenoblois qu'a tiré la bûche ?

— Oui...

— Et puis le Turc a été chargé de faire disparaître le corps ?

— Oui...

— Pourquoi ?

— On s'était mis dans l'idée de se sucrer la

fortune de Mayeux. Seulement, pour ça, il fallait pas qu'on le croie mort...

— Et pourquoi vos amis l'ont-ils buté à l'intérieur de la gare ? Il était attendu ?

Magnin hoche la tête.

— Non. Mais ils ont été pris de vitesse : Mayeux les a reconnus... Ils se sont dit que s'ils n'intervenaient pas illico, l'autre œuf allait se faire la valoche... Vous comprenez, il a eu sur eux un avantage : leurs visages n'avaient pas beaucoup changé, tandis que le sien était difficile à reconnaître... C'est, paraît-il, à la dernière seconde, comme il fonçait vers la sortie, que le Grenoblois l'a identifié...

Maintenant tout est clair. J'éprouve un grand calme et je regarde avec attendrissement Pinaud qui dort, sur la table.

— Comment espériez-vous choper sa fortune ?

— Nous savions qu'il s'était fait ouvrir un compte à la Banco di Roma... On aurait imité sa signature sur un chèque. Mais pour ça, je vous le répète, il fallait qu'on le croie encore vivant !

Je me lève et secoue Pinuche :

— Allez, on est arrivé, vieux hibou !

CONCLUSION

Ce sont trois fantômes titubants qui poussent la porte du restaurant Grodu.

Le taulier, plus rubicond que jamais, se précipite.

— Alors, demande-t-il. Vous avez du nouveau ?

Bérurier lui fait signe de la boucler.

— Qu'est-ce que tu as au menu ? questionne-t-il.

Grodu sourit.

— Si je te le dis, tu ne me croiras pas !

— Vas-y toujours...

Alors, le gargotier, en accentuant son petit sourire gêné, balbutie :

— De la tête de veau. C'est bête, hein ?

Achevé d'imprimer le 18 mai 1984
sur les presses de l'Imprimerie Bussière
à Saint-Amand (Cher)

— N° d'impression : 651.
Dépôt légal : juillet 1984.

Imprimé en France

PUBLICATION MENSUELLE